Broadway Vitas

Florian Gazan

BROADWAY VITAS

La vie folle de Vitas Gerulaitis, tennisman et roi de la nuit

le cherche midi

Vous pouvez consulter notre catalogue général
et l'annonce de nos prochaines parutions sur notre site :
www.cherche-midi.com

92, avenue de France
75013 Paris

Conception graphique : Justine Dupré
Composition : Peter Vogelpoel
Dépôt légal : septembre 2023
ISBN 978-2-7491-7408-2

Pour ma maman
qui m'a accompagné
sur tous les courts de tennis
de l'Essonne.

« Monsieur Borg ! Monsieur Borg ! »

Je bloque la fermeture des portes, et le jeune exalté réussit à se glisser dans l'ascenseur.

« Un autographe, s'il vous plaît ! »

Hors d'haleine, en sueur, il me tend un bout de papier et un stylo.

« Je suis un grand fan, un fan de la première heure ! Je suis venu de Nashville en stop pour vous voir jouer… Quel match encore ! L'Espagnol, vous l'avez étrillé ! Je joue moi aussi, j'ai même copié votre revers à deux mains ! Bon, mes passings, ils passent rarement de l'autre côté, alors que les vôtres… Des coups de fusil !

— Ça m'arrive d'en rater, vous savez…

— Oh, rarement ! Et moins que les autres ! C'est pour ça que vous êtes le meilleur, monsieur Borg ! »

Je souris, malgré mes trois seules envies en cet instant précis : une douche chaude, un massage et un verre au bar de l'hôtel.

« À quel nom, l'autographe ?

— Jimmy ! Comme Connors ! Lui, par contre, je ne l'aime pas… Pourtant, il vient de Belleville, comme mon père ! Remarquez, ils ont le même caractère. Des teigneux… Typique de l'Illinois ! Vous ne pouvez pas savoir comme je jubile quand vous le battez !

— "Pour Jimmy, amitiés tennistiques, Björn Borg"… Voilà…

— C'est le plus beau jour de ma vie ! Et bonne chance pour la finale, demain ! »

Tandis que l'ascenseur remonte, je fais un clin d'œil à Björn, en désignant les deux grands fauves blonds, avec leurs cheveux longs de rock stars, que renvoie le miroir de l'ascenseur :

« Je n'y peux rien si je ressemble plus à Borg que toi ! »

Il éclate de rire. On ne soupçonne pas à quel point « Iceborg » est facile à dérider en dehors des courts.

« Pourquoi tu ne lui as pas dit que tu n'étais pas moi ?

— Je n'ai pas eu le cœur de le contredire : j'aime donner du bonheur aux autres…

— Je sais. Et pour ça, Vitas, c'est toi le numéro un mondial… »

J'ai affronté Björn pour la première fois en 1972, à l'Orange Bowl – le plus célèbre des tournois juniors de la planète. C'était à Miami, la ville où les riches retraités viennent s'éteindre à petit feu avec une chemisette à fleurs en guise de linceul.

De grands noms de notre sport ont épinglé l'Orange Bowl à leur palmarès : Guillermo Vilas, Chris Evert, Harold Solomon – et Borg, puisqu'il m'a battu en finale des moins de 18 ans.

Il n'était pas encore ce monolithe infatigable, sans émotion ni transpiration, sans saute d'humeur ni état d'âme, offrant en toutes circonstances au public un visage impénétrable, et à ses adversaires l'impression décourageante de taper contre un mur. Un mur n'est pas seulement obstiné, il est imbattable.

Cette machine du futur, Rune, son père, l'inventa sans le savoir le jour où il lui offrit une raquette de tennis, remportée dans un tournoi de ping-pong. Si, à ce moment-là, il avait été battu, et sévèrement, le jeune Borg, 9 ans alors, se serait mis au hockey, comme tous les Suédois de son âge ; et il n'aurait pas pourri la vie et compromis le palmarès de la majorité des tennismen de sa génération. À commencer par le mien.

À Miami, il n'avait pas non plus ce visage christique, le bandeau éponge en guise de couronne d'épines ; ni la fameuse Donnay, si tendue que, dans les chambres d'hôtel, les cordes cassaient à cause de la clim', perturbant ses dix heures de sommeil réglementaires. Mais ce côté « cy-Borg » était en train d'apparaître. La victoire pour lui était moins une option qu'une obligation. Contre moi, elle fut nette et sans appel. J'avais résisté au premier set : 7-5 ; mais j'ai été écrasé pendant les deux suivants : 6-2 et 6-1. À la fin du match, il ne manifesta aucune joie.

Je lui serrai la main :

« Bien joué, mec ! Rien à dire : aujourd'hui, tu étais le meilleur ! »

Sa seule réponse fut un sourire gêné.

« On se recroisera et, ce jour-là, c'est toi qui me féliciteras ! »

Mais rien ne le déridait.

« Tu ne parles pas anglais ? Ce n'est pas grave : la prochaine fois, j'apprendrai à dire "désolé" dans ta langue ! »

Il ne répondit rien à nouveau. Apparemment en Suède, c'est du mercure en dessous de zéro qui coule dans les veines. Il finit par se tourner vers un grand gaillard, juste derrière lui, au-dessus de la bâche de fond de court. Il avait la cinquantaine énergique, un crâne dégarni où de rares cheveux blonds trahissaient des origines scandinaves. Le gars hocha la tête et, comme par miracle, la bouche de Björn s'ouvrit :

« Merci. Bien joué, toi aussi. »

Le type déplumé, c'était Lennart Bergelin, son coach, son mentor, disons même son dresseur. J'ai eu tellement l'impression de voir une marionnette, que c'est vers son ventriloque que je me suis tourné :

« Bravo ! »

Lennart m'a répondu, hilare, en levant le pouce.

Pendant ce temps, ce glaçon sur pattes glissait soigneusement sa Slazenger dans sa housse et lui-même dans sa veste de survêtement au zip remonté jusqu'à la gorge.

La fois suivante, en octobre 1974 à Téhéran, je n'ai pas eu l'occasion de lui dire « *forlät* » (« désolé », en suédois).

J'étais passé pro, et je participais à l'Aryamehr Cup, en Iran, donc. Alors deuxième exportateur de pétrole, ce pays n'était pas encore infréquentable. Kissinger caressait le Shah dans le sens du poil : il ne voulait pas priver d'essence les Américains, qui en consomment autant que des burgers et du Coke. En échange, on fermait pudiquement les yeux sur certaines dérives. En ce qui me concerne, j'aimais l'idée de prendre une valise de dollars dans un tournoi aussi exotique, en rêvant d'enlacer, plus tard, une beauté persane, maîtresse dans l'art de l'amour; ça valait bien treize heures de vol entre New York et Téhéran. Les organisateurs avaient compris comment attirer le Lion lituanien. Je devais ce surnom à ma crinière blonde, et, j'espère, à ma vaillance sur le court. Je n'ai jamais rugi comme Jimmy, question d'éducation, mais pour me battre, il fallait me passer sur le corps. Je comptais bien que cela arrive aussi après mes matchs.

Je me suis qualifié sans encombre pour les seizièmes de finale. Le lendemain, sur la terre battue de l'Imperial Country Club, je devais affronter Björn. Incapable de dormir, j'allais chercher le sommeil au bar de l'hôtel. Je buvais un verre, seul, quand une créature aussi voluptueuse que parfumée s'est assise à côté de moi. Elle a allumé une cigarette, m'en a tendu une. J'ai poliment refusé. Tabac et alcool ne font pas partie de mes vices. La suite s'est passée dans la mienne. Je ne vous fais pas un dessin. De toute façon, je dessine très mal.

Le lendemain, sur le court, je volais ; mais je suis vite redescendu de mon tapis volant : après avoir perdu 6-3 la première manche, Björn m'a mis 6-2, 6-2 – deux petits sets et puis s'en va. J'ai pris mon chèque et mon avion, direction : la maison. Non sans un dernier détour dans les bras cuivrés de ma jolie Persane. J'ai préféré repartir avec le goût de ses lèvres plutôt que celui de la défaite.

Björn n'était déjà plus le même joueur. Quelques mois plus tôt, il avait remporté son premier Roland-Garros – le « French », comme on dit pour désigner aussi bien les frites belges, les baisers avec la langue, la manucure et le tournoi de la porte d'Auteuil. En finale, Björn se retrouvait face à la terreur espagnole Manuel Orantès : un torero pour la finesse, un taureau pour la puissance. Ce jour-là, dans l'arène du central, le public espérait voir la mise à mort de l'Ibère aux sourcils épais comme une ligne de fond de court. Il avait commis l'affront de battre François Jauffret, le champion tricolore vieillissant. Un Français en finale de leur tournoi, le public en rêvait. Neuf ans plus tard, Noah ferait mieux : il lèverait la coupe des Mousquetaires. Serveur-volleyeur, fêtard, amoureux de New York, on a dit qu'il était l'héritier d'Arthur Ashe. Non, Yannick, c'est moi en version colorisée. Il me doit d'ailleurs une partie de sa carrière. Nocturne, je précise. Mais revenons à l'été 1974.

Malgré l'hostilité du public français, Orantès remporta le premier set sans difficulté : 6-2. J'ai reparlé de cette finale fondatrice avec Björn, quelques années plus tard, au Sporting de Monte-Carlo.

« Ah oui, Björn, on n'était plus chez les juniors, là !

— Mais tu as vu le match ? »

J'adore jouer au tennis, et je déteste assister à un match. C'est la différence entre le porno et l'amour : j'aime le faire, pas regarder d'autres le faire à ma place. Mais là, pour le gars qui m'avait privé du titre junior à Miami, j'ai fait une exception. Pour tout dire, même si je ne suis pas rancunier, j'espérais le voir se faire laminer par un des plus grands spécialistes de terre battue.

« Mais tu étais à New York ce jour-là, Vitas ?

— Oui, d'ailleurs, je ne te remercie pas ! Avec le décalage horaire, ta finale passait à 8 heures du matin : j'ai dû rentrer de boîte plus tôt ! Et seul ! Je n'aime pas changer mes habitudes... Tu ne peux pas comprendre : ta vie est réglée comme du papier à musique... Je suis sûr que Lennart planifiait les moments où tu devais aller pisser !

— Tu exagères : je me suis émancipé. J'ai fait des progrès, contrairement à toi avec ton deuxième service ! »

Ça, c'était un coup bas. Pas fair-play du tout.

« Pas mon deuxième service ! Et tu sais très bien pourquoi ! »

Sujet douloureux. Ma plus grande cicatrice, et le plus grand regret de ma carrière – de mon existence même, je pense. Même si, grâce à cela, j'ai rencontré mon meilleur ami. On en reparlera plus tard.

« Ce jour-là, le tien n'était pas meilleur que le mien… Ni le premier d'ailleurs, ni le coup droit, ni le revers. Je ne te parle même pas de la volée…

— Je n'en faisais pas de volée : ça, c'était toi !

— Oui, la montée au filet, pour toi, c'était la gousse d'ail pour le vampire ! Je n'ai jamais compris pourquoi. Pourtant, c'était ça le tennis de l'époque : marquer un maximum de points avec un minimum d'efforts… À part les Hispaniques, on cherchait tous à y aller, c'était l'eldorado ! Mais eux, c'était des *locos* ! Ils pouvaient passer des journées entières sur le court. À croire qu'ils n'avaient rien de mieux à faire de leur vie !

— Ce n'était pas ton cas ! »

Les reparties de Björn ressemblent à ses passing-shots : précises, cinglantes, imparables.

« Contre Orantès, à la fin du premier set, tu avais l'air aussi à l'étroit dans ton jeu que dans ton short… »

Dans le deuxième aussi, même si l'Espagnol montrait de petits signes de fatigue. Imperceptibles pour les spectateurs, mais pas pour moi, ni sans doute pour Björn : si j'avais pu les voir de ma télé, il avait dû les sentir lui aussi. Orantès prenait plus de temps entre les points, laissait rebondir un peu plus sa balle avant de servir. Le tennis ressemble au poker : il faut savoir bluffer, masquer son jeu, surtout sa fatigue.

Au métier, à l'intox, Orantès arrachait le deuxième set au tie-break : 7-6. Ses délicieux revers coupés mettaient Borg au supplice. Un jeune tennisman, normalement constitué, aurait posé un genou à terre; Björn, non. Il ne montrait aucun agacement, aucune panique; il ne transpirait même pas. En temps normal, l'Espagnol aurait gagné le match. Or, au moment où il pensait le terminer, le Suédois commençait le sien. À cet instant précis, devant ma télé aux couleurs baveuses, dans un peignoir aussi fatigué que moi, j'assistai à ce miracle : *Björn devenait Borg.*

En un éclair, le frêle blondinet aux airs de hippie, qu'on aurait bien vu dans un sitting de protestation contre la guerre du Vietnam, devenait une machine de guerre : il tirait à balles réelles. Il ne voulait pas gagner, il voulait exécuter. C'est ce qu'il a fait : 6-0, 6-1, 6-1. Orantès avait subi la fusillade, avec, dans ses yeux, un mélange d'incompréhension, d'impuissance, et même, sans doute pour la première fois de sa vie, de peur.

« Que s'est-il passé, dans ta tête, à ce moment-là ?

— J'ai pensé à l'adversaire le plus redoutable que j'aie connu. Pour m'en sortir, je n'avais qu'une solution : l'imiter. Tout renvoyer sans état d'âme.

— Quel adversaire ?

— La porte du garage de mes parents… »

L'année 1974 a été entièrement dominée par la Suède : Björn a remporté le French et Abba, l'Eurovision. Mais revenons vingt ans en arrière, avec un sujet tout de même beaucoup plus intéressant : moi.

Je m'appelle Vitas Gerulaitis, 1,82 mètre, 74 kilos, droitier, pointure 45, taille de pantalon 32 et de veste 38. Numéro trois mondial en février 1978, 26 titres en simple dont un tournoi du Grand Chelem, une coupe Davis, et 2 778 748 dollars de gains. Un détail : un bras, le droit, plus long que l'autre.

Même si, pour m'aider à m'intégrer dans cette Amérique des années 1950, mon père avait glissé un Kevin après mon prénom lituanien, je m'appelle comme lui, Vytautas Gerulaitis. J'aime l'exubérance de mon nom. Il ressemble à mon jeu : baroque, chantant, difficile à maîtriser. Ils étaient peu nombreux à réussir à le prononcer : Vitas s'est donc imposé. La simplicité, c'est le secret de la réussite.

Avec ma tignasse blonde, je ne passais pas inaperçu.

« Vitas, pourquoi tu portes les cheveux si longs? me demandait mon père, au désespoir.

— Pour qu'on me voie de loin, Tétis! »

Tétis, c'est « papa » en lituanien.

« Du plus loin possible! De la Lune s'il le faut! Comme la Muraille de Chine! »

En fait, on ne voit pas la Grande Muraille depuis la Lune. J'ai toujours trouvé la réalité décevante. Un jour, je l'ai mise à la porte : elle frappait, je n'ouvrais pas. Elle s'est fatiguée avant moi. On dit qu'elle finit par nous rattraper. Dommage pour elle, je cours vite…

C'est vrai que ma tignasse était aussi fournie que la barbe des ZZ Top. Mais si Gillette m'avait proposé, comme à eux, un million de dollars pour la couper, j'aurais refusé.

J'ai fini par faire une pub, où mon père me demandait :

« Vitas, pourquoi tu as besoin d'avoir des cheveux aussi longs? »

J'ai pris les dollars mais j'ai gardé ma crinière. Quand on est tennisman, il faut savoir maîtriser l'art du contre-pied.

Je suis né à Brooklyn. Même si je suis américain, je suis donc au moins lituanien par le prénom : Vytautas a été le plus grand roi de l'histoire du pays. Un immense guerrier qui avait chassé les chevaliers teutons de notre pays et arrêté les Russes au XIVe siècle. Partie remise en 1939 : les Soviétiques ont fini par nous envahir. L'autre Vytautas, mon père, n'avait rien pu faire. Fonctionnaire au ministère de l'Éducation, il menait une vie confortable à Vilnius. Pris entre le marteau stalinien et l'enclume hitlérienne, il est d'abord passé entre les gouttes et les bombes; puis il a fui avec une valise et sa coupe de champion de tennis de Lituanie. Ses parents et lui auraient voulu aller le plus à l'ouest possible, mais leur exode s'est arrêté à Regensburg, au fin fond de la Bavière.

À l'écart de la ville, les Gerulaitis se sont installés dans une vieille ferme. Mon père s'était adapté, comme sur le court face à un adversaire meilleur que lui : l'intellectuel s'était déguisé en agriculteur. Du haut de leur arrogance, les dignitaires du Reich lui avaient prêté le même quotient intellectuel que les bêtes qu'il élevait. Il ne risquait pas d'être juif : un juif avait la réputation de ne pas aimer la terre, parce que ça ne rapportait pas assez. Et puis, un bouseux, c'est un taiseux. Parler, c'est se trahir. Mon père n'a retrouvé la parole, et son drôle d'accent, que le jour où une autre famille lituanienne s'est installée à quelques centaines de mètres de la ferme.

Elle venait de Vilnius, elle aussi, mais avait suivi un parcours différent. Elle avait d'abord fui à Vienne. Le père, chef de la police, avait très vite compris que les Soviétiques feraient table rase. Le rouge était la couleur de leurs méthodes. Ils élimineraient les autorités lituaniennes, à leur façon : expéditive. Lui avait des proches en Autriche qui pouvaient l'héberger avec sa femme et leurs trois enfants. Pendant six mois, il s'était cru tiré d'affaire, jusqu'au bombardement du pays par les Russes. L'avancée victorieuse des forces de Staline vers Berlin n'arrangeait pas ses affaires, et il avait dû se résoudre à migrer encore. Grâce au passeur qui avait déjà aidé Tétis à fuir, il s'était retrouvé sur la même route de l'exil, le long du Danube. La famille s'était réfugiée tout près de la ferme où vivait mon père, sans que les uns et les autres sachent qu'ils étaient lituaniens. Pour être heureux, vivons cachés, même si, en 1945, on vivait d'abord cachés pour survivre. Or, comme souvent, la vérité est venue de la bouche des enfants – même si ceux-ci n'avaient plus l'âge de l'être.

La meilleure poule pondeuse venait de se faufiler dans un trou du grillage. Tétis lui avait couru après. Quand il a voulu l'attraper, elle était déjà dans les bras d'une fille, la vingtaine, une blonde aux yeux d'un bleu à rendre jaloux un ciel d'été, et une peau laiteuse tamisée de taches de rousseur. Elle lui avait souri.

« *Guten Tag*, avait dit mon père, encore essoufflé.

— *Laba diena !* » répondit la jeune fille en lui adressant un clin d'œil.

Tétis ne savait trop comment interpréter ce clin d'œil, ni ce « bonjour » en lituanien. Il transpirait à grosses gouttes : en temps de guerre, la paranoïa prend vite le pas sur la logique. Pour en finir, il voulut lui faire comprendre que la poule était à lui. Il avait imité les ailes en agitant ses avant-bras repliés et le geste avait fait rire la jeune fille.

« *Tu vista ? As esu gaidys !* » (« Tu vois ? Moi, je suis un coq ! »)

Et elle s'était mise à secouer les coudes en hurlant :

« *Kakaryku ! Kakaryku !* »

Ce faisant, elle avait lâché la poule, qui avait fui, effrayée par le spectacle de ces autres volailles. Mais mon père la rattrapa très vite : des années de tennis lui avaient laissé des réflexes – ce don, bien pratique à la volée, il avait eu la gentillesse de me le léguer à la naissance.

« Je suis lituanienne, comme toi…

— Comment tu l'as deviné ?

— La médaille autour de ton cou : elle a la forme de notre pays. Lietuva !

— Je ne sais pas si je le reverrai un jour, alors je l'ai prise avec moi… »

Les larmes aux yeux, mon père avait embrassé le médaillon.

« Je m'appelle Aldona. »

Ils ne se sont plus quittés, littéralement, puisque, à partir de ce moment-là, pas un jour ne s'est passé sans que l'un soit avec l'autre. Le pire peut accoucher du meilleur. Je m'en suis souvenu à chaque défaite – et Dieu sait si j'en ai connu. Ce n'est pas d'apprendre à servir ou à smasher, le plus dur, mais à prendre du recul. On finit toujours par gagner. Et par perdre. Et par gagner à nouveau. Il n'y a pas de match nul. Ainsi va la vie de ceux qui tapent dans cette petite balle jaune. Et puis, même si Connors serait fou de me l'entendre dire : ce n'est pas si grave, de perdre, c'est juste un jeu.

On a eu une conversation rugueuse à ce sujet, Jimmy et moi, lors du tournoi de Roanoke, en Virginie, en janvier 1974. On était dans les vestiaires, il venait de me sortir en demi-finale. Comme d'habitude, il avait été infect, râleur, mauvais joueur, encouragé à me « tuer » par sa mère, Gloria. Drôle de vision de l'éducation. C'était sa première victoire en deux matchs contre moi. Cette année-là, il allait être parfaitement *injouable* : 89 victoires pour 4 petites défaites. Il aurait même remporté le Grand Chelem si la Fédération française de tennis ne l'avait pas privé de Roland-Garros, puni pour avoir joué des matchs exhibitions grassement payés sur un circuit parallèle. Björn en avait profité. Mais il ne lâchait rien, Jimmy, dans la vie comme sur le court. Il a donc pris un avocat français, Robert Badinter, qui rêvait d'abolir la peine de mort en France et y parviendrait quelques années plus tard. Mais cette fois-ci Jimmy a perdu : son procès et l'occasion de gagner le French. Par la suite, Björn l'en empêcherait : il enfilerait les Roland-Garros comme des perles.

Après sa première victoire contre moi, donc, au tournoi de Roanoke, Jimbo est sorti de la douche, serviette autour de la taille. Il s'est peigné, remettant en ordre cette horrible coupe au bol. Gloria, sa mère, avait des dons indéniables de coach. De coiffeuse beaucoup moins. J'ai pris une de ses Wilson T2000 en acier dans son sac. Tous les gars du circuit étaient fascinés de le voir utiliser une raquette avec ce lourd cadre en métal. Au début, on pensait que c'était pour cultiver son originalité, et son côté « vilain petit canard ». Mais après s'être fait bombarder par ses missiles, on a compris : ce n'était pas une raquette, c'était un lance-roquettes.

« Comment tu fais pour jouer avec ce truc ?

— Lâche ça !

— Tout doux, Jimmy, je ne vais pas te la voler, ta poêle à frire : je ne sais même pas cuisiner… »

Jimmy a bondi. Il me l'a arrachée des mains en me jetant un regard noir. C'était vraiment un sale con, à l'époque. Je peux d'autant plus le dire qu'on est devenus très amis plus tard. Il était tellement imbuvable qu'il avait réussi un jour à faire sortir Björn de ses gonds : un exploit aussi difficile que de le battre.

J'ai repris :

« Ça te procure quel sentiment de m'avoir battu ? Tu dois être fou de joie…

— Non, pas particulièrement…

— Arrête : il n'y a rien que tu aimes plus au monde que de gagner…

— Tu te trompes sur moi. Vous vous trompez tous. La vérité, c'est que je déteste perdre plus que j'aime gagner. »

Il y avait dans son ton de la rage mêlée de tristesse. J'avais l'impression de voir un chien dressé pour tuer. Sa mère l'avait coupé de sa famille, et du reste du monde, à l'âge de 2 ans. Ce n'était pas son fils, c'était sa vengeance. Gloria avait été une bonne joueuse qui ne supportait pas qu'il en existât de meilleures qu'elle. Elle détestait tellement les autres sportives que l'envie et la jalousie ont fini par la dominer. Une petite voix pernicieuse résonnait en elle :

« Tu as perdu alors que tu jouais mieux qu'elle, tu aurais dû gagner, c'est la faute de ta raquette, de ton cordage, des balles, du vent, de l'arbitre, de tes parents qui n'ont pas été foutus de te donner des jambes plus rapides, des bras plus puissants, de Dieu même, toi qui pourtant vas à la messe tous les dimanches, Il t'a trahie lui aussi comme les autres, ils veulent tous te détruire ! »

Sa vengeance, elle la fabriquerait elle-même – dans son ventre et sur le court. Comme au service, elle a eu deux essais. Le premier, l'aîné, John, ne fut pas à la hauteur de ses desseins. Elle l'a renié. C'était un perdant, comme Jim, son père. Le deuxième service, le fils cadet, James Scott, le nom de naissance de Jimmy, elle ne devait pas le rater. Il devait être gagnant, le plus grand champion de tennis de tous les temps. Quand elle a vu que le gamin était trop frêle pour tenir sa raquette d'une seule main, elle lui a enseigné le revers à deux mains façon Winchester à deux coups. À force de brimades, elle a aussi fait naître la rage dans le cœur de Jimbo. Quand on n'a connu que la gifle, on finit par y voir une caresse. Aussi a-t-elle fait de son fils une arme de destruction massive. Ce serait elle et lui, pour la vie, contre le reste du monde. Un double mixte avec une seule raquette. Voilà pourquoi Jimbo détestait perdre. La défaite était son Œdipe, décevoir sa mère le rendait fou.

En regardant Jimmy quitter le vestiaire, j'ai eu l'impression que le sac qu'il soulevait pesait une tonne. C'est qu'il contenait bien plus que des raquettes : il était lourd de la culpabilité que Gloria faisait peser sur lui, qu'il gagne ou non. Ce jour-là, sur le court, dans la chaleur étouffante de Roanoke, il y avait deux victimes : lui et moi. Je m'en sortais bien, j'avais été le souffre-douleur de Gloria seulement le temps d'un match.

Mes parents avaient fêté la fin de la guerre dans un camp de réfugiés, à Augsburg. Ils se sont mariés quand tout a été fini. Ils avaient connu le pire, il leur restait le meilleur. Unies par la grâce de cette alliance, les deux familles avaient rapidement décidé de la suite : il était impensable de retourner en Lituanie, qui n'en avait plus que le nom. Les Russes étaient doués pour les parties d'échecs grandeur nature. Ils avaient profité de la coalition avec les Alliés pour pousser leurs ambitions à l'ouest de leurs frontières. La marée rouge avait donc englouti la Lituanie, et d'autres pays comme la Hongrie, la Tchécoslovaquie. Elle avait continué à déferler après la guerre, et ni les Anglais ni les Américains n'avaient cherché à l'endiguer. Yalta et basta ! Tant pis pour la Lituanie. Aussi les deux familles avaient-elles décidé, la mort dans l'âme, de mettre un océan entre eux et les Soviétiques. Ce serait l'Amérique.

Visas en poche, avec l'argent de la vente des bijoux de ma grand-mère, ils sont arrivés à New York. Vingt-cinq ans plus tard, Frankie Sinatra chanterait ce qu'avaient ressenti Tétis et Aldona, comme des millions d'autres réfugiés, en débarquant sur le sol américain. « *I want to be a part of it, New York, New York !* » Ils avaient eu l'impression immédiate d'avoir trouvé une terre. Ils avaient dû aussi s'en accommoder : ce pays est prêt à tout donner, sans rien lâcher. Aux États-Unis, on l'apprend en venant au monde : rien n'est gratuit, à part l'air que l'on respire. Et si un jour, il devient payant, ça n'étonnera personne.

Je suis né le 26 juillet 1954. Dans la chambre de la maternité, la radio jouait le succès de l'été : *Little Things Mean a Lot*, par Kitty Kallen. Les petites choses comptent énormément. J'en étais une pour mes parents. Ils se saignaient aux quatre veines. Tétis avait pris un job de conducteur de camions, la nuit, en plus de son travail d'emballeur, et des leçons de tennis qu'il donnait pendant la journée. Il voulait installer sa progéniture dans une maison avec un petit bout de jardin. En rentrant, à l'aube, il avait le même rituel : il glissait dans un petit coffre en bois les billets durement gagnés et inscrivait sur un bout de papier la somme totale amassée. Et puis il dormait quelques heures avant d'attaquer une nouvelle journée. Jamais je ne l'ai entendu se plaindre. Il était dur au mal. J'ai hérité de sa résistance. Je m'en suis servi dans le sport, et pendant des séances de nuit d'un autre genre.

Mon père avait économisé pendant quatre ans avant de toucher au but. Quand ma petite sœur Ruta est venue au monde, on a déménagé à l'est de Brooklyn, à Howard Beach. Le nom fait rêver, la ville un peu moins. Pas de plage, de sable fin, de palmiers, seulement des terrains vagues broussailleux avec vue sur Jamaica Bay, dont la vase faisait disparaître nos pieds quand on s'y promenait. Au-dessus de nos têtes, le soleil parfois, les avions tout le temps. J'ignore pourquoi Tétis avait voulu habiter Howard Beach. Par prévention peut-être. D'un côté, l'aéroport JFK, de l'autre, celui de la Guardia, nous étions à l'endroit idéal au cas où il aurait fallu fuir, à nouveau. Et si l'on avait dû prendre le bateau, il y en avait un, amarré à un ponton. Le traumatisme originel ne l'avait jamais vraiment lâché.

J'ai donc grandi dans une petite maison en bois collée à d'identiques petites maisons en bois. On y élevait les petits Américains en batterie, comme des poules. Une sorte de réserve indienne pour visages pâles et cols-bleus. De la fenêtre de ma chambre, je voyais passer les grands oiseaux de métal. À force de les entendre, leurs gazouillis à 160 décibels ne me faisaient plus rien. Tous les gars qui sont venus à l'US Open, pas loin d'ici, à Flushing Meadows, sont repartis migraineux. Pas moi. Au contraire. En fermant les yeux au changement de côté, je me revoyais allongé sur mon lit d'enfant, écoutant le ballet incessant des Boeing 747 et des DC-10. Je rêvais que, moi aussi, je m'envolerais. Je partirais avec toute ma famille, parce que nous méritions mieux que cette vie dans une banlieue sans âme. Mon ambition n'était pas de faire le tour du pâté de maisons. Je n'étais pas une de ces voitures qui attendaient sagement, devant le garage, que leur propriétaire, un employé de bureau ou un vendeur de supermarché, la conduise jusqu'au New Jersey. Je voulais faire le tour du monde. Et au super. Pas à l'ordinaire.

« *Walk this way! Talk this way!* »

La voix criarde de Steven Tyler et les riffs rageurs de Joe Perry malmènent les enceintes de ma Rolls Corniche. Quand elle passe sous le panneau de la sortie Howard Beach, j'ai un pincement au cœur. Mais je ne regarde jamais en arrière, à trois exceptions près : pour me recoiffer dans le rétroviseur, si je roule décapoté; pour courir après la balle, si je me fais lober; et pour regarder la groupie, dans les gradins, qui hurle derrière moi :

« Vitas, ramène-moi chez toi! »

L'après-midi du 10 juillet 1978, je venais d'atomiser mon pote Ilie Nastase, en finale de Forest Hills, à New York. Deux petits sets dans lesquels je lui ai laissé seulement deux jeux. Je me suis approché du filet pour lui serrer la main, il tenait sa raquette par le cadre et pointait le manche vers moi comme un fusil.

« Trop tard, Nasty, c'est moi qui viens de t'abattre!

— C'est pas toi que je vise, Vitas! »

« Nasty » : le « vicelard », le « méchant », c'était le surnom d'Ilie Nastase, sur le circuit. Il n'avait pas son pareil pour pourrir un match, faire péter les plombs à son adversaire. Il était aussi fin que son toucher de balle, et si drôle qu'on finissait toujours par lui pardonner. Jimmy, pourtant presque incapable d'apprécier un autre joueur que lui, s'était entiché de ce je-m'en-foutiste. Ilie a réussi ce tour de force de gagner son respect, au point de devenir son partenaire de double. Ce fut la victoire la plus marquante de sa carrière, avec celle au French en 1972 et à l'US Open en 1973. Jimmy et Ilie, c'est

Tom et Jerry qui seraient devenus amis. Deux extrêmes qui s'attirent : Nasty, l'ancien, qui prend sous son aile Jimbo, alors âgé de 16 ans. Il lui a appris à voir le monde différemment, à s'éloigner de Gloria – un peu seulement, mais c'était déjà considérable. Gloria, bien entendu, détestait Ilie : l'amitié était un aveu de faiblesse, une faille où l'adversaire peut s'engouffrer. Sur le court, il n'y avait pas de place pour d'autres sentiments que la rage. Le filet devait être une tranchée : en face, il y avait un ennemi à combattre et à abattre. Pourtant, cette fois-ci, Gloria n'avait pu raisonner Jimbo. Nasty lui apprit à voir plus loin que le bout de sa raquette, il lui a fait découvrir, au-delà des lignes du court, une terre aux richesses insoupçonnées, que sa mère lui avait cachée.

Ilie séduisait les femmes comme les hommes, même si le but était différent. Nous étions proches, lui et moi, sur ce point. D'ailleurs, cet après-midi-là, sur le court de Forest Hills, il me serra la main et me souffla à l'oreille :

« Non, je vise derrière toi, troisième rang, juste à côté du type avec les jumelles. Deux rouquines, tu les vois ? »

Je me retourne, saluant la foule. Je visualise les demoiselles. Lunettes de soleil XXL, décolleté et faux ongles. Immanquables. On sent tout de suite les amatrices de tennis – de joueurs de tennis, plus exactement.

« Tu les as entendues t'implorer de les ramener chez toi ?

— Les deux ?

— En chœur !

— D'habitude, ça ne me fait pas peur, mais là, je suis crevé… »

La semaine précédente, on était à Wimbledon, Nasty et moi. La veille, nous avions fait l'aller-retour express à Las Vegas pour la finale de la World Tennis Team : quelques jeux sans forcer, des pitreries pour amuser le public, une poignée d'autographes et un paquet de billets verts – une exhibition impossible à refuser. Seulement il était épuisé, le « vieux » (j'ai huit ans de moins que lui). Donc il s'est allongé par terre, dans l'aérogare de Vegas, et s'est endormi. J'ai placé un gobelet devant lui. Il a gagné 9 dollars de plus.

Mais cet après-midi-là, à Forest Hills, Nasty était bien réveillé.

« T'inquiète pas, tu choisis celle que tu veux, je m'occuperai de l'autre !

— Ton grand cœur te perdra, Ilie ! Même si ce n'est pas à cet endroit que je place le cœur… »

Il a explosé de rire. Un rire qui faisait partie de son charme. Avec son culot, sa fantaisie, son accent roumain et ses longs cheveux noirs qui lui donnaient des faux airs de Sioux. Rusé comme eux, dans la chasse à la demoiselle. *Globe Trotter Lover*, qu'il a enregistré à la fin de sa carrière, est un aveu plus qu'une daube – je respecte trop la musique pour appeler cela une chanson. Mais, d'un point de vue strictement comptable, Nasty est un champion toutes catégories : 87 tournois, 2 500 filles. Un journal anglais l'a classé parmi les plus grands séducteurs du monde – derrière Julio Iglesias.

« Tu vois, Vitas, il y a des Espagnols qui préfèrent le gazon à la terre battue ! »

Nasty a aussi été le premier *trash talker* de l'histoire du tennis. Il a fait entrer la grossièreté sur les courts, ces temples du langage policé. Il a volontairement sali le blanc, de rigueur pour les tenues, les balles et l'expression verbale. Son langage cru, ses insultes aux arbitres, son irrévérence l'ont rendu populaire au point d'avoir une chaussure à son nom, comme Stan Smith. Les gens voyaient enfin un gars comme eux qui surclassait les gentlemen en short. Les sans-grade, les invisibles, les acariens du système tenaient leur revanche. Qui aurait pu imaginer que la lutte des classes s'inviterait sur ce rectangle réservé à l'élite depuis un siècle? Il nous a ouvert la voie. Moi, le gars de Brooklyn, McEnroe, le gamin du Queens, il nous a montré que notre place pouvait être ailleurs que dans les gradins.

John s'est frotté à Ilie Nastase en 1979 à l'US Open; ce fut le match le plus *hardcore* de l'histoire. Big Mac avait à peine vingt ans. Un visage poupin coiffé d'une grosse touffe de cheveux, rouquine et frisée, maintenue par un bandeau éponge. Il rencontrait Nasty en session nocturne au deuxième tour de Flushing, qu'il remportera, en finale, contre moi. Ce soir-là, Ilie Nastase, orgueilleux comme tout champion qui se respecte, veut se faire ce gamin, la nouvelle sensation des courts, qui a déjà un caractère de cochon et un coup de raquette qui va le conduire tout en haut du classement mondial. Dans une autre vie, ce descendant d'émigrés irlandais avait dû jouer des poings au fond d'une taverne pour un regard de travers. Nasty était conscient que, s'il se contentait du tennis, il perdrait : un génie sait en reconnaître un autre, surtout quand il le sent plus génial que lui.

Alors, Nasty choisit de jouer sur un autre terrain : la provocation. Personne n'a oublié ce jour, à Louisville, où des officiels l'ont menacé d'une grosse amende s'il ne jouait pas son double dans la même tenue, stricte, qu'Arthur Ashe, comme le spécifiait le règlement. Il est entré sur le court, en blanc, le visage peint en noir. Dans la provocation, Nasty savait se montrer très créatif, et sans aucune limite.

McEnroe en a donc fait les frais en 1979, à l'US Open. Dès le début du match, Nasty faisait monter la pression. Chaque point gagné était une occasion de chauffer John, qui n'a pas tardé à dégoupiller. D'entrée, celui-ci adresse un bras d'honneur au public. Pas le moyen idéal de se le mettre dans la poche. Il y joint quelques amabilités et insultes sexistes à l'égard des supportrices énamourées du play-boy de Bucarest, leur suggérant « de rentrer chez elles pour faire à manger ». Nouvelle bordée de sifflets. Nasty enfonce McEnroe avec son arsenal de farces et attrapes, comme Mohamed Ali face à George Foreman cinq ans plus tôt au Zaïre. On assistait à un nouveau *rumble in the jungle.* Dans le ciel de Flushing Meadows volaient des Boeing et des noms d'oiseaux, obligeant l'arbitre, de sa tour de contrôle, à des rappels à l'ordre. Ils avaient le même effet qu'un glaçon jeté sur un incendie.

Dans le jeu comme dans l'attitude, Mac avait du répondant. Il justifiait déjà son futur surnom de SuperBrat, « Super sale gosse ». Il prenait tout son temps avant de servir. Et Nasty s'allongeait sur le court, comme s'il allait piquer un petit somme. L'arbitre colla un jeu de pénalité à Ilie : première bronca. Ce ne fut rien à côté du tonnerre qui éclata lorsque le directeur du tournoi entra sur le court pour annoncer :

« Jeu, set et match McEnroe ! »

Le big boss de l'US Open imaginait mettre un point final à ce cirque. Erreur grossière. Nasty, en colère, se mit à protester, à haranguer la foule, à la chauffer à blanc. Le clown se muait en dresseur de fauves, redevenus sauvages, refusant d'être privés de la fin de cet affrontement épique entre deux gladiateurs en short. Bientôt, il plut des canettes et des bouteilles sur le court central. Big Mac manqua d'être blessé par un projectile. La cavalerie arriva à la rescousse, comme dans tout bon western : les agents de la NYPD dressèrent un cordon de sécurité ; il s'agissait d'éviter l'émeute. La direction de l'US Open décida de revenir sur sa décision. Dix minutes plus tard, une dernière faute d'un Nasty dépassé par l'incendie qu'il avait allumé acheva un match inoubliable. Il se murmure que les images ont subi le même sort qu'un petit mafieux qui trahit la famille et finit au fond de l'East River. À la fin du match, Mac et Nasty, douchés-rasés-peignés-parfumés, sont entrés dans une grosse limousine. Pour aller dîner ensemble. Hilares, ils se sont remémoré cette *master class* de la guerre des nerfs. Entre génies, on se respecte. Entre sales gosses aussi.

Au moment où je quitte la 8e Avenue pour m'engouffrer dans la 54e Rue, tout le monde m'a reconnu. Deux halos aveuglants comme des soleils précèdent mon arrivée. Ma Rolls-Royce Corniche décapotable jaune, c'est comme la statue de la Liberté : il n'y en a qu'une à Manhattan. La foule agglutinée devant l'entrée de la discothèque la plus courue de New York s'écarte aussitôt. Le service d'ordre maîtrise tant bien que mal ce patchwork d'individus lookés : du vieux beau aux tempes grises, smoking en velours lie-de-vin, à la créature travestie délicatement vulgaire qui ferait passer Divine pour un modèle de sobriété. Cette partouze visuelle n'est que le préliminaire à l'orgasme qu'ils essayent tous d'atteindre : pénétrer dans le Studio 54.

Pour cela, ils sont prêts à tout. Ce vieux théâtre défraîchi de Broadway a déjà vécu plusieurs vies, la dernière comme studio télé pour CBS. Il a ressuscité comme discothèque hyper branchée, hyper sélecte, en avril 1977, sous l'impulsion de deux trentenaires déterminés à faire renaître ce temple rococo, où la seule limite, c'est l'entrée. À l'intérieur, tout devient possible, l'extrême y a la saveur de la normalité, l'interdit s'autorise toutes les libertés, on vient s'y montrer et la pudeur se dépose aux vestiaires. On y est hors de la vie, hors du temps, hors la loi aussi. La clientèle est triée sur le volet ; on y croise des anonymes, mais aussi des huiles – des juges, des politiques, grâce auxquels on ferme grands les yeux et on ouvre grandes les narines. On y passe des nuits à regarder sans juger, à parler sans réfléchir, à s'amuser sans culpabilité, à danser sans savoir danser, à rire sans savoir pourquoi, à baiser avec n'importe qui. C'est le jour et la nuit, puisque, souvent, le jour, c'est l'ennui.

Pour moi, le tennis était devenu un métier et de moins en moins un plaisir – et le Studio 54, lui, m'en donnait. Sous son large fronton éclairé, ça râle, ça rit, ça pousse, ça chante, ça fume, ça frotte, ça vit. C'est déjà la fête quand arrive l'un de ses rois, avec écrit sur la plaque d'immatriculation de sa Rolls – comme une pièce détachée de son identité – « Vitas G. ».

Susan, une fille en talons aiguilles hauts comme les Twin Towers, se glisse entre les deux cerbères de la sécurité, face à mon pare-chocs.

« Vitas, fais-moi entrer ! Tu ne le regretteras pas !

— Désolé, baby, j'ai déjà ce qu'il faut à l'intérieur ! »

Susan baisse le haut de sa robe, laissant apparaître deux seins arrogants.

« Et ça, tu l'as à l'intérieur ? »

Au même endroit, quelques heures plus tôt, ces créatures n'existent pas. À Midtown, quartier malfamé de New York, on a plus de chance de se retrouver nez à nez avec un dealer ou un clochard qu'avec une sirène. Ce soir, je me paye le luxe de bouder son chant : Nasty m'attend déjà avec les munitions glanées dans les tribunes.

« Attends-moi à la sortie, sait-on jamais !

— Tu sors à quelle heure ?

— Le plus tard possible ! »

Susan remballe sa poitrine d'un air déçu. Je déteste rendre les gens malheureux. Pris au piège de son regard de chien abandonné, je l'adopte pour la soirée. Prévoyant rime avec bon vivant. Je me dis qu'elle pourra toujours faire le bonheur d'un copain. Si un jour je suis réincarné, je veux l'être en distributeur automatique de plaisir.

Je lâche mes clés et un billet de 20 dollars au voiturier. Je laisse Susan marcher devant moi. On passe sous le gigantesque logo « 54 » de l'enseigne, dont la lumière agressive attire tous les papillons de nuit. Tour de magie contre nature : ils se transformeront, quelques heures plus tard, en larves épuisées mais régénérées. À l'entrée, Steve, sosie de Sonny Corleone, dans son costume Armani impeccable, sélectionne les élus. Le Parrain, ici, c'est lui. Il a un droit de vie ou de mort sur chaque entrée. Et le critère essentiel, c'est le style. La veille, il a refusé Cher, dont il trouvait les escarpins vulgaires.

« Je les laisse dehors et je rentre pieds nus !

— Trop tard, *my dear*. Ici, tu connais la règle : la faute de goût est la seule qu'on ne pardonne pas. S'il y a mille personnes mal habillées à l'entrée de mon club, je préfère qu'il reste vide. Le mauvais goût, c'est comme l'herpès, c'est contagieux. Reviens demain. D'ici là, tu auras peut-être changé de styliste ! »

Cher est repartie, jurant qu'elle ne remettrait plus jamais les pieds au Studio 54. Le lendemain, évidemment, elle était devant l'entrée, tout sourire, avec des cuissardes. Depuis un an que la discothèque est ouverte, je n'ai jamais été refoulé. En m'apercevant, Steve a mis un vent à un acteur dont je tairai le nom pour lui éviter une deuxième humiliation. Je peux seulement dire qu'il était à l'affiche de *Love Story*. Comme d'habitude, je l'ai joué classique et efficace : trois-pièces veste-gilet-pantalon Dior en flanelle grise, avec cette cravate qui me sert de lasso quand une petite coquine est attirée par mon parfum : *Brut* de Fabergé. Placement produit, je suis sous contrat.

« Broadway Vitas ! Il ne manquait plus que toi. Mick est déjà là, ça fait déjà deux fois qu'il demande si tu es arrivé !

— Il est à la cave, j'imagine…

— Où veux-tu qu'il soit ? »

Steve, sésame indispensable pour aller plus loin, dévisage la dégaine de ma charmante compagne :

« Je ne connais pas ton amie…

— Moi non plus !

— La séparation ne sera pas trop déchirante… »

La sentence cruelle, comme le pouce baissé d'un empereur romain, s'abat sur Susan, qui tombe à genoux, en larmes, et s'accroche à ma jambe.

« Vitas ! S'il te plaît !

— Désolé, baby, quand Steve dit niet, c'est niet…

— Par pitié… »

Son rimmel coule tellement qu'elle finit par ressembler à un panda. Je la relève et la prends dans mes bras. Elle me repousse, énervée.

« Je ne suis pas assez bien pour entrer, c'est ça ? Pas assez connue, pas assez riche, pas assez jolie ?

— Mais non, Susan, ça ne marche pas comme ça ici… »

En effet, selon les envies de Steve, un trader de Wall Street peut se retrouver nez à nez avec sa femme de ménage, une star du porno gay danser avec un sénateur conservateur – c'est la recette du Studio 54, un des endroits les plus magiques de New York. Warhol en a résumé le principe : « La dictature à l'entrée, la démocratie à l'intérieur. »

Je tends ma pochette à Susan pour qu'elle s'en serve de mouchoir. Steve fait un signe discret.

« Mick est pressé de te voir. Il était excité comme une puce. »

La porte s'ouvre.

Une giclée de disco saturé s'échappe de l'intérieur. Je suis happé dans le vortex stroboscopique sans avoir le temps de me retourner. Je passe le vestiaire, sas de décompression, effet décontraction. Je longe le couloir d'accès, comme à Flushing Meadows. Les petites bougies qui tapissent le sol me donnent l'impression de rejoindre un cérémonial vaudou. Quelques mètres de plus et je plonge quelques siècles en arrière. Je ne suis plus à New York, mais chez Caligula, dans une orgie de la Rome décadente. Un jeune éphèbe, short satiné rouge, torse nu et plateau à la main, s'approche de moi.

« Qu'est-ce que vous buvez ? »

Il mime un verre qu'il porte à la bouche à plusieurs reprises. Son geste en rappelle un autre, plus équivoque. Ici, le serveur prend le pourboire et le client prend le serveur.

« Non, merci, je suis *straight*! Mais allez lui proposer à lui, vous serez mieux accueilli ! »

Je désigne du doigt un petit brun en blouson noir à clous. Avec sa mâchoire proéminente, il est reconnaissable entre mille. Dieu lui a donné trop de talent, de charisme et de dents. Freddie est un habitué. Le Studio 54, pour lui, est autant un club qu'un supermarché. Des mignons gravitent autour de son corps, comme des étoiles autour d'une planète. Il porte bien son nom : Mercury. Je le connais assez mal, on a peut-être échangé un mot, ou un rail, ou les deux. Je me souviens qu'il m'a raconté qu'il adorait jouer au tennis de table à l'école.

« Le tennis pour les nains… »

Ma précision l'a fait marrer et il m'a posé des questions, car il voulait se faire construire un court sur le terrain de son manoir londonien. Il hésitait sur la surface.

« Avec votre météo et vos traditions, mon cher, ce serait un outrage de mettre autre chose que du gazon !

— Très bien, je me ferai un mini-Wimbledon. La Queen sera en short sur le court et pas en robe dans la corbeille ! »

Je n'ai jamais su s'il était allé au bout de son projet. Mais il s'est mis au tennis, si j'en crois la photo de lui, à Ibiza, parue des années plus tard dans un magazine people. On le voit avec une raquette et une moustache. Je précise que les deux ne sont pas incompatibles.

Le serveur a fait demi-tour. Dommage, j'aurais bien commandé un verre. Exceptionnellement. Oui, ça a l'air à peu près aussi crédible que si je raconte que Björn est un gros fêtard doublé d'un gros queutard. Et pourtant les deux sont vrais. Borg en suédois, c'est lui qui me l'a appris, ça veut dire « citadelle ». Si elle est quasi imprenable sur le court, en dehors, c'est autre chose. Quand une fille s'approche de lui, généralement le pont-levis ne reste pas baissé bien longtemps. Même un type qui semble impassible pendant l'effort et imperméable à l'émotion a besoin d'évacuer la pression. Et puis Björn, c'est la rock star dans toute sa splendeur. Comme il n'est pas du tout *drugs*, pas trop rock'n'roll, il s'est rabattu sur le tiers qui restait : le sexe. Et il n'a pas trop de mal à en trouver. Il n'y a pas un endroit au monde où il n'est pas connu. Même les Pygmées doivent savoir qui c'est. C'est quand même le premier joueur de l'histoire à avoir été invité en Chine. Il y a disputé un double, avec John Alexander, le joueur australien. Les Chinois avaient construit un court, à Canton, rien que pour ce match ; 6000 spectateurs hurlaient dès qu'il touchait la balle. Ce n'était pas un match, c'était un concert.

« C'était une folie. Un peu trop même. À se demander si on ne les avait pas obligés à réagir comme ça...

— À ton avis ? S'il y avait un classement ATP des pays démocratiques, la Chine ne serait pas tête de série ! »

C'était tout Björn, ça. Une maturité incroyable pour le tennis et un enfant pour le reste. D'une naïveté désarmante. Et pas feinte du tout en plus. Quand on grandit dans une bulle, on n'a aucune conscience du monde extérieur tant qu'elle n'a pas éclaté. Pour lui, aller à Canton, c'était comme aller à Disneyland. Le communisme, c'était une attraction qu'il n'avait encore jamais faite.

Bref, tout ça pour dire que, malgré ma réputation, je ne bois pas quand je sors. Et quand un gros tournoi approche, je ne sors plus. Coucher tôt, lever tôt, huit heures d'entraînement non-stop. Je n'ai pas le choix, c'est la contrepartie. Ce n'est pas une punition, c'est une obligation. On ne devient pas numéro trois mondial en claquant des doigts.

Je commande un cocktail de jus de fruits frais, et longe l'immense scène du Studio 54. Sous les colonnes de spots lumineux qui feraient passer les gyrophares de la NYPD pour de vulgaires lampes de poche, un magma humain s'agite en tendant les mains vers le podium, sur lequel se déhanche une créature céleste, lançant des coups de langue lascifs ; Sylvester, ni vraiment homme, ni tout à fait femme, a le corps doré à l'or fin, comme une victime d'Auric Goldfinger ; avec ses grandes plumes noires dans le dos, on le croirait descendu du ciel pour un rituel païen à 100 battements par minute.

« *You make me feel mighty real !* »

Sa voix aigüe perfore les tympans des danseurs comme une aiguille dans une poupée vaudou, sous le regard de l'immense logo *Moon and Spoon*, un croissant de lune à visage humain, qui plonge son nez dans une cuillère.

Mais ce soir, pas de frotti-frotta sur la piste, avec des demoiselles en minijupes qui tournent comme des toupies épileptiques. D'abord, j'ai rendez-vous à la cave. Surtout, j'ai accumulé trop de courbatures avec la série de matchs de ces dernières semaines. Pourtant, j'adore danser. Billie Jean King s'en souvient. Je lui ai donné le vertige, un soir, en tournoyant autour d'elle, la veste sur l'épaule, et les mocassins glissant sur le parquet ciré avec la même maestria que sur la terre battue. Depuis cette nuit, quand on se croise, elle ne m'appelle plus Vitas mais Travoltas. La fièvre, pour moi, c'est tous les soirs de la semaine.

À ce propos, je n'ai toujours pas vu Nasty et nos deux trophées, ramenés de Forest Hills avec ma coupe. Il doit être à l'étage, sur le balcon où l'on fait monter nos conquêtes pour passer à l'action.

Pour le moment, la priorité est de retrouver Mick. S'il est pressé de me voir, c'est qu'il m'a préparé quelque chose. La première fois que je l'ai croisé, c'était au Xenon, la boîte un peu plus bas, sur la 43e ; elle avait été ouverte par le promoteur de ses concerts, et ceux des Who, de Rod Stewart et de David Bowie. En somme, un importateur de rock stars british. Jagger m'avait raconté que ses propres lèvres avaient servi au logo de son groupe, les Rolling Stones, faisant sans doute de sa bouche la plus célèbre au monde. Il avait d'ailleurs l'ego proportionnel à sa langue bien pendue. À l'écouter, les Stones n'étaient pas un groupe, c'étaient ses musiciens. Pour tout dire, je l'avais trouvé prétentieux, mais je n'étais pas objectif. J'ai toujours préféré Keith Richards.

Je joue de la guitare à mes heures perdues. J'en joue mal, mais c'est sans importance : je n'ai pas d'autre ambition que de me faire plaisir. J'ai une passion pour les *guitar heroes*, mes idoles. J'ai dû rencontrer à peu près l'intégralité du Who's Who au fil des soirées, des fêtes, des tournois, mais quand je me retrouve face à l'un de ces dieux de la six-cordes, je redeviens l'ado de Brooklyn qui faisait des solos interminables devant sa glace, avec sa raquette de tennis en guise de guitare. Qu'est-ce qui fait qu'un morceau de rock devient un standard génial ? Moi, je comprends les paroles, mais au Bangladesh ou en Papouasie, qu'est-ce qu'ils retiennent ? Un riff, un putain de riff ! Celui de *Layla*, signé Clapton, celui de *Mama Kin*, *made in* Joe Perry, l'ouverture sublime de *Smoke on the Water*, balancée par Ritchie Blackmore, ou les accords majeurs de *Satisfaction*, signés Keith Richards. Le reste n'est que littérature : *Whole Lotta Love* peut exister sans Robert Plant, mais pas sans Jimmy Page. Je suis devenu tennisman par dépit, par défaut. C'était le plus proche du rock, à ma portée. Aujourd'hui, j'ai le sexe, la drogue, il me manque le rock'n'roll. Les tournois sont mes tournées. Les gens payent pour me voir. Les hôtels, les restaurants, les filles sont les mêmes que pour les rockers. La peur aussi, celle que tout s'arrête, du jour au lendemain.

« Les enfants, prenez votre raquette, on y va ! »

Tous les dimanches matin, cette phrase résonnait dans l'escalier de la maison. On espérait toujours avec ma sœur qu'elle n'atteigne pas l'étage, mais la voix de Tétis portait si fort que même les souris qu'on entendait gratter le plancher du grenier devaient se tenir prêtes. Quand il revenait de la messe avec notre mère, il se changeait à la va-vite, enfilait un short, une chemisette, une paire de baskets et, quelques minutes plus tard, on était à l'arrière de sa vieille Chevrolet crème ; il l'avait rachetée à un collègue qui l'avait lui-même récupérée d'un oncle décédé – voilà pour la généalogie de ce tas de ferraille ambulant. On ne faisait pas la fine bouche, trop contents de l'avoir, surtout pour rentrer à la maison, après les deux heures de cours de tennis intenses qu'il nous imposait. Quand ce n'était pas trois, les jours où il nous traitait de marshmallows, tellement il nous trouvait mous. Ces matins-là, l'entraîneur se transformait en tyran.

« Vytautas, une volée de revers facile dans le filet, tu connais le tarif ? »

Un tour de terrain, le plus vite possible, car il avait balancé une grosse chandelle que je devais smasher avant que la balle ait rebondi une seconde fois ; la double faute au service, c'était 10 pompes ; un passing-shot dans le couloir, 50 abdos. S'il avait vécu au Moyen Âge, mon père aurait fait carrière dans la torture.

Je me rappelle un jour d'hiver, par un froid glacial, où j'avais voulu jouer avec mes gants en laine.

« Retire ça tout de suite ! Comment veux-tu tenir ton manche avec ça ? La sensation du grip sur ta main, c'est essentiel !

— Je m'en fiche, je les garde !

— Ne m'oblige pas à venir te les enlever moi-même. Regarde ta sœur, elle a un an de moins que toi et elle joue main nue ! Allez, ne fais pas ta mauviette !

— Non ! »

Si l'on s'opposait à lui, il abattait la carte de la culpabilité :

« Vous savez par où l'on est passés, votre mère et moi, ce qu'on a enduré, pour que vous ayez la chance de grandir ici, de manger à votre faim, de recevoir une éducation qui vous permettra un jour, vous, de ne pas subir l'angoisse de vous demander, quand on frappe à la porte, si un soldat ne vient pas vous arrêter… »

On avait l'impression d'un feuilleton qui n'aurait eu qu'un épisode et que l'on connaîtrait par cœur à force de le voir rediffusé chaque dimanche. Même à la télé, ils n'auraient pas osé. D'habitude, avec Ruta, on s'excusait, tout penauds : bande d'ingrats que nous étions…

Pas ce jour-là.

« Change de disque, on connaît la chanson ! »

J'ai entendu une balle siffler à mon oreille. Dans le western de mon enfance, mon père n'avait pas la main sur un colt, mais sur la Dunlop Maxply en bois, celle du premier Grand Chelem de Rod Laver en 1962. Mon père n'avait pas manqué son coup : il m'avait seulement averti.

Alors, je ne sais pas ce qui m'a pris : j'ai retiré mes gants et je les ai jetés au sol. Mais j'ai aussi enlevé mon short, mon polo, mes chaussures, mes chaussettes. Je ne sentais plus le froid : je bouillais de rage. Le moment était venu. Sans préméditation. Celui de m'affranchir. Spartacus, le nom sonnait lituanien. Tétis nous avait appris à n'avoir peur de rien, ni de personne. La leçon lui revenait en plein visage comme un boomerang. J'avais eu la révélation : ma vie s'écrivait sur une feuille blanche mais c'est mon père qui tenait le stylo.

« Vitas ! Qu'est-ce que tu fais ?

— Tu ne vois pas ? J'arrête le tennis ! Ras-le-bol !

— Tu n'arrêtes rien du tout ! Tu te rhabilles immédiatement, sinon…

— Sinon quoi ?

— Rhabille-toi !

— La dictature te manquait tellement que tu l'appliques sur nous ? Ici, c'est l'Amérique, Tétis, le pays de la liberté ! »

La balle m'a touché en pleine cuisse. Le feutre blanc m'a laissé une trace rouge. La douleur était vive, mais je n'ai pas bronché.

« Moi, je veux jouer au basket ! Comme tous mes copains de l'école ! Tu es lituanien, moi, je veux être américain, comme eux ! »

D'une voix aussi vibrante que la trompette de Lloyd Geisler avant le coup d'envoi du Super Bowl 1969, à l'Orange Bowl de Miami, je chantai la *Star-Spangled Banner.*

« "*O say can you see... by the dawn's early light... what so proudly we hail'd... at the twilight's last gleaming...*" »

Aussitôt, Tétis me répondit avec l'hymne lituanien :

« "*Lietuva, Tėvyne mūsų... Tu didvyrių žeme... Iš praeities... Tavo sūnūs... Te stiprybę semia !*" »

Un duel entre le coq et le poulet. Sa grosse voix recouvrait aussitôt la mienne, mais je continuais à faire vibrer mon âme américaine, nu comme un ver pétrifié par le froid. Ruta se bouchait les oreilles. Dans notre match de cordes vocales, nous n'avions pas vu qu'elle pleurait.

« Arrêtez ! »

Mon père se précipita vers elle, s'agenouilla, la serra dans ses bras. Puis, il se tourna vers moi et me lança un regard noir :

« Regarde ce que tu as fait, Vitas ! Tu es fier de toi ?

— Vitas n'a rien fait ! C'est toi, Tétis ! »

Ruta, ma petite sœur, frêle et discrète, qui depuis sa naissance donnait l'impression de ne pas vouloir déranger, venait d'interrompre sèchement son père, d'une voix que je ne lui connaissais pas.

« Il a raison ! On est aux États-Unis. Ici, on a le droit de te dire "non" ! Moi aussi, j'en ai assez. Tu ne sais pas ce qu'on endure ! On vit lituanien, on parle lituanien, on mange lituanien ! Pourquoi on ne s'appelle pas Mary et Kevin comme tout le monde ? »

Chacun des mots de Ruta était un coup porté contre notre père, et contre l'éducation qu'il avait voulue pour nous, avec des ordres qui ne souffraient pas la contestation.

« Tu ne sais pas la honte que c'est, à l'école, avec nos prénoms et notre accent bizarres... Les autres nous regardent comme des singes dans un zoo ! »

S'il n'y avait que les gamins qui se moquaient, nous aurions pu respirer quand la cloche sonnait la fin de la récréation. Mais nous étions étrangers partout. Même en classe, où l'institutrice nous demandait d'exécuter des danses traditionnelles lituaniennes. Elle voulait sûrement faire découvrir une autre culture à nos petits camarades, persuadés qu'il n'y avait rien de l'autre côté de l'océan Atlantique. Ils imaginaient qu'en partant de New York en bateau ils feraient le tour du monde avant d'atteindre Los Angeles. L'institutrice avait beau leur montrer les deux hémisphères sur une mappemonde, d'autres continents, d'autres pays, ils n'en démordaient pas : « Alors, pourquoi les extraterrestres atterrissent toujours aux États-Unis ? » Eh oui, ailleurs, il n'y avait rien : l'argument était imparable. Surtout pour Miss Atkins, une vieille femme, pieuse et austère, qui ressemblait comme deux gouttes d'eau bénite à la paysanne, à côté de l'homme à la fourche, dans le tableau *American Gothic*. Pour elle, le cinéma et la télévision étaient une œuvre du diable pour nous éloigner de Dieu. Pas de ça chez elle. Avec le recul, peut-être qu'elle avait raison.

Alors, Ruta et moi, on exécutait à contrecœur des danses traditionnelles. On reproduisait vaguement quelques pas aperçus lors des fêtes familiales. Une mascarade digne d'une animation commerciale au Walmart Supercenter. Ces traditions étaient celles de nos parents, pas les nôtres. Nous étions *born in the USA*, pas en Lituanie. Dans les yeux de ma sœur, je voyais ce que je ressentais : la honte. Dans l'indifférence gênée, nous récoltions quelques rires moqueurs. Ce jour-là, l'école m'a appris une des rares choses que j'ai retenues, mais elle est essentielle : savoir dire « non ».

Tétis était sonné, sans voix, lui qui mettait un point d'honneur à avoir le dernier mot. Il nous fixait, surtout moi, et il m'a tendu le tamis en bois de sa Maxply.

« Tiens, va la vendre et t'acheter un ballon ! Tu veux jouer au basket avec tes copains ? Alors je n'ai plus besoin de cette raquette… J'ai passé l'âge de jouer, et comme je n'ai plus besoin de t'entraîner… »

Après tout, le basket est le sport national en Lituanie. Sans les Kurtinaitis, Sabonis, Marciulionis, l'URSS n'aurait jamais gagné l'or aux Jeux olympiques de Séoul en 1988. J'avais vu la finale avec mon père, chez moi, à Long Island. Je me souviens de lui, déchiré entre sa haine des Soviétiques et sa fierté lituanienne. Un crève-cœur. Le champagne l'avait emporté d'une courte tête. Il avait sauté tout habillé dans la piscine, une bouteille de Dom Pérignon à la main. Une de ses dernières joies avant sa mort, il y a trois ans déjà. Je ne pensais pas le suivre aussi vite.

« Tu ignores pourquoi je veux vous apprendre le tennis, Vytautas ? a continué mon père. Je vais te l'expliquer : combien de garçons êtes-vous dans ta classe ?

— Une quinzaine...

— Combien jouent au basket ?

— Tous, Tétis. Sauf Billy Brown. Lui, il fait du softball parce que son grand frère joue pour les Chiefs de Syracuse, l'équipe de ligue mineure affiliée aux Yankees...

— Donc, le seul qui joue au tennis, c'est toi ?

— Voilà !

— Et tu ne te rends pas compte de la chance que tu as ?

— Quelle chance ?

— Tes copains, ils rêvent tous de devenir Wilt Chamberlain ? »

Wilt Chamberlain, le pivot des Warriors de Philadelphie, la première superstar du basket, 2,16 mètres, un monstre qui battait record sur record, une machine à scorer, à contrer, à dunker. Même quand il marquait 100 points contre les Knicks, un record en un seul match de NBA, il n'arrivait pas à se faire détester des New-Yorkais. J'avais son poster dans ma chambre. Et celui de son grand rival, Bill Russell, des Celtics de Boston. Entre les deux, j'avais laissé un espace vide où, tous les mois, je mesurais ma taille, que je notais sur le mur avec un crayon à papier. Le soir, dans mon lit, je priais Dieu qu'Il me donne la force d'atteindre celle de mes idoles de NBA.

« Ils sont des millions comme tes copains, à faire le même rêve. Des millions face à la même réalité. Mon fils, je t'offre simplement un rêve plus abordable...

— Qui me dit que j'y arriverai ?

— Question de probabilités ! Le tennis n'intéresse pas les gamins de ton âge…

— C'est bien pour ça que je veux jouer au basket !

— Moi, je veux que tu joues au tennis parce que je veux que tu réussisses dans la vie. Pareil pour toi, Ruta ! On n'a pas les moyens de vous payer de hautes études. La seule chose que j'ai à vous offrir, c'est de vous apprendre à vous débrouiller avec une raquette. Après, ce sera à vous de jouer ! Allez, rhabille-toi, tu vas prendre froid. »

Tétis a la gorge nouée. Je me sens con de ne pas avoir compris que, les dimanches matin, au lieu de se reposer de sa semaine harassante, mon père se levait aux aurores dans l'espoir qu'un jour, nous, nous n'ayons pas à le faire. Je lui rendis sa raquette.

« Celui qui perd le set rentre à la maison à pied !

— Il vaut mieux que je gagne, Vitas, je te rappelle que tu n'as pas encore le permis ! »

Mon père est retourné à pied, le lendemain, chercher sa Chevrolet.

Mon esprit vagabond m'a joué des tours. J'ai essayé de le dresser, il ne s'est pas laissé faire. Il est ancré en moi, comme cette routine avant de servir : je secoue la tête et je jette des coups d'œil derrière mon épaule droite. L'écrivain du sport Michael Mewshaw m'a comparé à « un coq occupé à veiller à ce qu'aucun intrus n'entre dans son poulailler ».

Au changement de côté, je remplace systématiquement la gaze de mon manche de raquette. Au début de ma carrière, ma mère en entassait des centaines de rouleaux. Si j'avais mis fin à ma carrière, j'aurais pu devenir momie au Muséum d'histoire naturelle. Elle dévalisait les magasins de Brooklyn, à tel point que tout le monde était persuadé qu'elle était infirmière. Un jour, notre voisine, Miss Carlisle, a déboulé chez nous avec la main entaillée. Elle s'était méchamment blessée en découpant des travers de porc. La lame avait ripé et fini dans son index. Il pissait le sang comme le geyser de Yellowstone.

« Madame Gerulaitis, par pitié, faites quelque chose !

— Mais je ne suis pas médecin !

— Et toute cette gaze ?

— C'est pour mon fils ! Le champion de tennis ! Vous avez de la chance, l'US Open n'est que dans une semaine… J'aurai le temps d'en racheter. »

Ma mère, aux yeux si bleus, se vantait de m'avoir donné le regard de l'Aigle américain. Mon père aussi croyait en moi, dur comme fer. J'ai longtemps pensé qu'il projetait sur moi sa frustration de ne pas avoir été le joueur qu'il aurait pu être ; que je représentais sa deuxième chance par procuration ; qu'il voulait faire de moi son clone plutôt que son fils. La preuve : je porte son prénom. Je me trompais : il me souhaitait seulement une meilleure vie que la sienne.

Grâce à eux, je pouvais parader dans le club le plus tendance de New York.

La cave du Studio 54, c'est la « taverne » d'Ali Baba. Et le sésame pour ouvrir la porte, c'est de montrer patte blanche. Je sors un petit sachet de la poche de mon gilet ; je l'agite devant l'œilleton ; j'entre et elle se referme. L'intérieur a été dessiné par le diable en personne. Des canapés Chesterfield se font face sous des lustres aux lampes carmin, qui semblent surveiller les gestes autour des tables basses. Quelques rails blancs soigneusement tracés contrastent avec le plateau noir en bakélite. Des visages connus et inconnus y plongent leur nez et les aspirent avant de basculer en arrière, d'un coup de tête nerveux. Puis quelques doigts balayent la table avec soin et viennent frotter des incisives ; c'est le dentifrice le plus cher de la planète.

Ces rails forment une voie ferrée aux quais bondés ; tout au bout, je trouve un chef de gare hilare, qui me lance des signaux de sémaphore – Mick. Ses longs bras m'ont toujours fait penser à un orang-outan avec un micro. Il a la meilleure place dans la cave, parce que son ex-femme, Bianca, est à l'origine du décollage du club. Ce lundi soir d'avril 1977 fut même l'événement de l'année pour le New York *by night.* Comment dire non à Halston, le couturier qui avait habillé de pied en toque Jackie Kennedy ? Il avait redonné sa fierté à la haute couture US, piétinée et méprisée par tous les petits coqs arrogants du stylisme français. Il avait pourtant un point commun avec Yves Saint Laurent : les deux venaient au 54 piocher moins des idées de collections que des éphèbes pour leurs distractions. Ce point commun devenait un point de friction quand ils jetaient leur dévolu sur le même garçon.

Ce lundi soir d'avril 1977, donc, Halston justifiait sa réputation de créateur excentrique, et, comme rien n'est impossible quand on y met le prix, il fit entrer un cheval blanc dans le club. Il avait imaginé une parade décadente, comme jaillie d'une faille temporelle. On était à Rome, en 77 après Jésus-Christ. Bianca montait à cru, paradait, précédée d'un duo mixte, moustache et tignasse blonde, entièrement nus et recouverts de poudre d'or, tenant le licol du cheval, dans une vision psychédélique que les produits stupéfiants ont fait oublier à la plupart de ceux qui y ont assisté.

« Broadway Vitas ! cria Mick. Enfin ! »

Je pris la voix raffinée d'Alfred, le majordome de Batman :

« Monsieur Jagger n'a pas l'habitude qu'on le fasse patienter ? Monsieur Jagger n'est pas coutumier du fait que rien ne se passe quand il claque des doigts ? »

Et je lui fis une révérence, avant de lui tirer la langue façon Rolling Stones. Il éclata de rire, enjamba un type penché sur la table, le nez dans son rail, lui écrasa la face sans remords, et se jeta dans mes bras.

« C'est quoi ce truc, Mick ? »

Je désignais le ballon de baudruche qu'il agitait.

— Ça ? Une idée de génie !

— On fête un anniversaire, c'est ça ?

— Pas tout de suite…

— Alors, on fait quoi ?

— Tu as de l'Angie ? »

L'un des tubes de *Goats Head Soup*, l'album de 1973, avec la tête de Mick dans un sac plastique, était aussi l'une des façons, parmi des dizaines d'autres, de désigner la cocaïne.

J'ai saisi mon petit sésame de la porte d'entrée.

« Colombienne… Pure, évidemment ! »

Mick prit le sachet et le versa dans le ballon. Je tiquai : plusieurs centaines de dollars de poudre dilapidés ainsi pouvaient se révéler être une idée à la con, surtout vu l'état de ses pupilles, dilatées comme un utérus avant un accouchement. Il gonfla le ballon : la cocaïne flotta à l'intérieur. Il le noua et me le tendit.

« À toi l'honneur, cher ami !

— J'en fais quoi ?

— Tu le lâches, tu le laisses vivre son destin de ballon, s'envoler vers les cieux infinis ! »

L'imagination a des limites que l'homme repousse depuis des millénaires. Le feu, la roue, le tennis, ou les fausses dents de vampire et les lunettes de soleil pour chiens – sans oublier Ivan Lendl.

Je déteste ce jeune Tchécoslovaque, une sorte de Buster Keaton croisé avec un soldat de l'Armée rouge. Il incarne la déshumanisation du tennis, pratiqué par des joueurs surentraînés qui tapent comme des sourds, des robots au charisme de housse de raquette, mécanisés, sans créativité ni émotion. Comme Björn ? Non. La grosse nuance avec Ivan le terrible, c'est que le Borg des courts n'est plus le Borg des villes.

Nous sortions au petit matin du Gregory After Dark, le bar au pied de l'immeuble de Björn, à Monte-Carlo. Il était torché au gin tonic, parce qu'il était blessé et ne jouait pas ce jour-là. Moi, j'avais tourné au Perrier parce que, à midi, j'avais un match – que j'ai gagné. C'est quand je dors huit heures par nuit que je ne me sens pas bien. Si, un jour, on voit jouer Lendl après une nuit en discothèque, promis, je me rase les cheveux et je les tisse pour en faire un pull que je lui offrirai, un chandail moche, donc parfaitement assorti à ses tenues, que je déteste autant que lui. La haine est d'ailleurs réciproque. Je le sais depuis qu'il m'a visé en pleine figure lors du Masters 1981. J'ai vu autant d'étoiles qu'il y en a sur le drapeau américain. J'en ai plaisanté après les matchs avec les journalistes.

« Je ne risquais rien : je n'ai rien dans la tête. »

Mais sur le coup, j'étais attristé. Il frappe sur moi au troisième set pour sauver une balle de break alors que je menais deux sets à zéro. Sans foi, ni loi. Sans un mot, ni une excuse. Le tennis, comme la boxe, est un art noble, avec ses codes, ses règles qui n'ont pas besoin d'être écrites. Il y a des choses qui ne se font pas. Allumer son adversaire, par exemple. Même Jimbo évite de succomber à ses instincts violents. S'il s'abandonne à ses pulsions de *natural born killer*, il demande pardon. Il n'en pense pas un mot, mais il respecte la politesse. Question d'éducation. Les petits nouveaux ont tellement faim qu'ils crachent sur les traditions. Ils écrasent le passé sous leur semelle, comme la terre battue sur la ligne de fond de court. Et Lendl a gagné le match. Ce jour-là, j'ai commencé à douter de l'existence de Dieu.

Mick me tendit une fléchette. Collés comme deux frères siamois, sous cette piñata pour adultes, nous vîmes la baudruche éclater en pluie de cocaïne. Mick, extatique, levait les bras sous la poudre blanche. Les flocons immaculés saupoudrèrent lentement nos cheveux et nos vêtements, et j'entendis cette voix qui avait de la *sympathy for the devil* :

« Reçois-la, Vitas, laisse-la venir à toi, laisse-la te recouvrir, c'est un don du Ciel ! Merci au dealer éternel ! Alléluia ! »

La religion est l'opium du peuple, la cocaïne, celle des VIP. Ce soir-là, je n'ai pas retrouvé Nasty, ni les deux groupies du public. Susan, la fille qui voulait entrer au Studio 54, a tenté de passer par le système de ventilation. Les pompiers l'ont retrouvée morte quelques jours plus tard. J'espère qu'au moins on l'a laissée entrer au paradis.

Un trait lumineux. Une aiguille plantée dans ma rétine. Le jour a réussi à passer au travers des stores vénitiens. Je me fais l'effet d'un vampire qui va prendre feu. Au sol, des cartons à pizzas, un cimetière de bouteilles, et ma paire de lunettes de soleil, des Porsche Carrera aux verres fumés. J'essaie de me lever, mais je n'en trouve pas la force. Je rampe. Où je suis ? À Long Island, à L.A., dans un Hilton quelque part dans le monde ? On est quel jour, il est quelle heure, en quelle année ? Ma tête est lourde, ma bouche pâteuse. J'ai des courbatures comme si j'avais enchaîné les matchs en cinq sets contre John, Jimmy et Björn.

Je me moquais de gagner ou de perdre. La victoire, la défaite, la cocaïne : ça n'est qu'une sensation, un effet temporaire. Juste deux d'entre elles peuvent provoquer une accoutumance. Et même une dépendance. Le tennis était loin de provoquer chez moi le choc éprouvé par Mac et Jimbo, notamment quand ils s'affrontaient; avec eux, le court se transformait en ring, où le « *Time!* » de l'arbitre produisait l'effet de la cloche sur des boxeurs. Ils savaient tous les deux qu'il y aurait un perdant : il fallait surtout que ce fût l'autre. Ils se détestaient, se croyaient uniques, mais, en ce qui concerne la conception du tennis et de la vie, se savaient jumeaux. Que reste-t-il de leur insatiable appétit ? Des coupes sur une cheminée, des médailles au mur. Je n'ai pas une vocation d'antiquaire. Je suis un jouisseur : le futile m'est utile. Jouer, c'est jouir. Je me sers du plaisir, dans l'instant. L'orgasme, ce n'est ni avant ni après, c'est pendant. Le jour où j'ai battu Connors en demi-finale des Masters 1979, des orgasmes, j'en ai eu deux.

J'étais à la maison, à New York. Je venais de jouer un tennis de rêve. J'avais battu Jimmy. Je me parlais, seul, dans une schizophrénie béate.

« C'est toi qui as tiré ce passing-shot le long de la ligne ? Et cet ace fabuleux sur un deuxième service ? » Ce jour-là, j'aurais pu jouer en tenant ma raquette à l'envers, en frappant les balles avec le manche. Pile sur la ligne, hors de portée de Jimmy. Tout était atypique dans ce match. Connors m'avait même rendu un point qui lui aurait donné le premier set. Un jour pas comme les autres. Au changement de côté, j'étais presque gêné.

« Désolé, Jimbo, je ne sais pas ce qui m'arrive. Ou bien tu n'es pas en forme ?

— Tu plaisantes ? Je suis à fond ! C'est toi. T'es en état de grâce. Mais ne te relâche pas. Avec moi, tu sais comment ça marche : tant que tu n'as pas gagné, je n'ai pas perdu ! »

Mon euphorie s'est prolongée. 7-5, 6-2. Quand Jimmy s'est approché du filet pour me serrer la main, j'ai marqué un temps d'arrêt, incrédule. Je me suis pincé très fort. Est-ce que je rêvais ? Après 16 défaites d'affilée, je battais le cogneur à la raquette en acier ? J'ai agité ma crinière blonde en lâchant un pseudo-rugissement.

« Bien joué, Vitas. Les meilleures choses ont une fin… Tu l'as méritée, celle-là ! Tu avais bouffé du lion !

— Je me sens bizarre, face à toi, j'avais pris la sale habitude d'être plutôt la gazelle…

— Je te promets que tu vas la retrouver… Dès notre prochain match ! »

Je savais que, dès le lendemain, il allait s'entraîner comme un chien pour tenir parole. La haine de la défaite, c'était le carburant qui faisait tourner son moteur. Comme John. Le but de leur existence était d'effacer définitivement le mot « perdre » de leur dictionnaire. Pour eux, la défaite, était un cancer qui les rongeait, ils se battaient pour la faire reculer. Les victoires étaient leur chimiothérapie. Mais ils savaient qu'elle était plus forte qu'eux et qu'au détour d'un jour sans, comme une métastase, elle regagnerait du terrain. Voilà pourquoi lorsqu'ils s'affrontaient, c'était encore plus électrique que ma guitare Kramer rouge bariolée blanc. Offerte par Eddie Van Halen. Celle avec laquelle il a enregistré *Jump* !

Le second orgasme a eu lieu pendant la conférence de presse, devant des dizaines de journalistes. Quand l'un d'eux est venu me titiller sur cette première victoire face à Jimbo, j'ai répondu du tac au tac, tout sourire :

« Que ce soit une leçon pour tout le monde : personne ne bat Vitas Gerulaitis 17 fois de suite ! »

Il y avait eu le cinquième Beatles, dont personne n'a retenu le nom ; moi, j'étais le quatrième mousquetaire, celui qui disparaît derrière Connors, McEnroe et Borg. Mais de quoi pouvais-je me plaindre ? J'étais riche, célèbre, en bonne santé, et des femmes me trouvaient beau. Mon verre était aux trois quarts plein : pourquoi me pourrir l'existence avec le dernier quart qui restait vide ?

J'avais les moyens de me faire plaisir et le plaisir d'en faire profiter les autres. American Express s'en souvient. Il y a eu une année où j'ai terminé sur le podium de leurs plus gros clients. Là aussi, numéro trois mondial, comme au tennis, fut mon meilleur classement.

« Vitas, c'est décidé : j'arrête… »

Cette sentence, Björn l'avait déjà prononcée un an plus tôt. En 1980, il m'annonçait qu'il comptait se marier. Il épousait sa fiancée, Mariana : jour de deuil pour les femmes du monde entier. Combien ont espéré faire fondre la glace du beau Suédois ! Beaucoup ont eu l'occasion, bien que, sur ce terrain, Nasty était notre maître à tous. Il fut capable de demander à Jimmy de converser avec son épouse dans le hall d'un hôtel pendant qu'il s'envoyait une groupie dans sa chambre. Mais Björn a vite grappillé des places pour nous talonner au sommet de ce classement, aussi important pour nous que celui de l'ATP. J'étais numéro deux, il était numéro trois quand il a décidé de plonger tête baissée dans le mariage.

On était à Bucarest. Nasty jouait à domicile. J'avais mis un point d'honneur à m'occuper personnellement de son enterrement de vie de garçon. Il paraît qu'à la fin on voit défiler sa vie : j'ai convié l'intégralité des filles qui avaient pimenté le goût de ses nuits de célibataire. J'avais la plupart de leurs numéros. Le futur marié a passé une nuit mémorable à déterrer sa vie de garçon. Il a dansé, un peu ; et bu, beaucoup. Et j'ai juré que tout resterait entre lui, les filles et moi. Mon seul regret est de ne pas en avoir profité pour le dissuader de faire cette bêtise : rompre sa polygamie. Mais j'ai fait passer notre amitié après sa fiancée, une Roumaine. Il l'aimait sincèrement. Il aimait surtout l'idée de se fixer : vivre avec une fille qui avait connu la même solitude inhérente à notre boulot. Mariana Simionescu avait été joueuse pro. Elle avait atteint les huitièmes de finale à Roland-Garros et à Wimbledon. Elle était la partenaire idéale pour sa vie de joueur de simple. Björn n'affichait pas ses sentiments, mais je voyais bien que le mur commençait à se lézarder. Il était l'homme à abattre. Au sens propre. Cet été-là, à Flushing, il avait reçu des menaces de mort. Quelques mois plus tôt, Lennon était assassiné au pied du Dakota Building. New York était sur les dents. Hors de question de perdre une autre icône. Björn jouait sous protection policière. Des snipers postés sur le toit du central observaient tous ses matchs à la lunette de leur fusil. Mais, pour lui, la plus grosse menace, c'était nous. On était tous devenus chasseurs de prime. Nos Winchester à canon scié étaient des raquettes Dunlop, Wilson ou Snauwaert pour moi. Tôt ou tard, l'un d'entre nous décrocherait son scalp à bandeau éponge. Il le savait. L'heure approchait. Il cherchait une échappatoire, et décida de faire passer Björn avant Borg, l'homme avant le joueur. L'alliance à son doigt était une renaissance, qui contrebalançait avec la petite mort, celle, inéluctable, des défaites et du déclin.

« Comment ça : tu arrêtes ? »

Assis sur un banc en bois, dans les vestiaires de Flushing Meadows, une serviette sur sa tête baissée, il venait d'être battu par McEnroe, et il ressemblait à un taureau après l'estocade.

« Je n'y arriverai pas, c'est comme ça : il faut l'accepter… »

Il a prononcé ces mots d'une voix crépusculaire.

Il enlevait avec dégoût le sparadrap blanc au bout de ses doigts.

« Je ne gagnerai jamais l'US Open. Jamais. Mais ça me soulage d'en être conscient, et de le dire…

— C'est quoi, ce petit numéro de dépressif ? Tu viens d'avoir 25 ans ! Tu as encore de belles années devant toi. Tu vas gagner Flushing Meadows, tu l'ajouteras à tes six Roland-Garros et à tes cinq Wimbledon ! »

Je lui parlais comme un père avec l'enfant que je n'ai jamais eu. Et que je n'ai jamais voulu. J'avais déjà bien assez à faire avec moi-même, l'éternel garnement toujours prêt à désobéir, à repousser les limites du déraisonnable, comme ce jour où j'hésitais entre deux Ferrari. Une rouge et une jaune ; j'ai acheté les deux. Et celui où je fêtais mes 21 ans avec les 10 850 spectateurs du match, que j'avais invités, en m'adressant à eux avec le micro de l'arbitre, à une immense *party* improvisée dans les jardins de l'hôtel Marriott. Et je recommençais, dès que possible, avec la mauvaise foi d'un môme qu'on prend la main dans le pot à bonbons, jurant qu'il était juste en train de compter combien il en restait.

Björn m'écoutait sans m'entendre.

« Non, cette fois, j'ai eu une révélation. Au moment où John était allongé sur le ciment, quand il a levé les bras au ciel et remercié Dieu pour sa victoire : je faisais pareil. Sans rien montrer. Il m'avait envoyé le signal que c'était la fin !

— Des conneries de vieille bigote ! C'est la fin de rien du tout ! Tu vas gentiment prendre ta douche, raconter des banalités aux journalistes, et on file au 54. Tiens, on n'a qu'à emmener Mac ! Tu te rappelles la fois où on l'a bizuté ? Il avait laissé sa Ford Pinto d'occasion chez moi. Il faisait moins le fier en sortant ! Les sièges arrière de ma Rolls s'en souviennent encore. Dis à Dieu qu'on se fait un *revival* !

— Vitas, comment tu fais pour supporter de perdre ?

— Je fête ça ! Comme après une victoire !

— Fêter une défaite ? Mais comment tu fais ?

— Je vais te montrer ! Une table nous attend déjà au Xenon ! Bon vivant rime avec prévoyant !

— Non, je vais rentrer, seul. Je n'irai pas voir la presse. Je n'ai rien à leur dire. De toute façon, je n'en ai plus la force. John leur suffira amplement… »

Je n'avais jamais vu Björn dans un tel état. Tout un pan de sa vie s'écroulait. De gros blocs de regret et d'amertume l'écrasaient. J'avais envie de le gifler, de le secouer, de le coller au mur comme un poster.

« Numéro un, j'en peux plus : j'ai envie de respirer. On manque d'oxygène au sommet ! On profite de la vue, et après ? Il faut redescendre. Parce qu'au sommet il n'y a personne. Tu es seul. En bas, il y a tous ceux que tu ne vois plus, et qui sont loin de toi.

— Björn, tu m'emmerdes avec tes états d'âme !

— C'est la première fois que je t'entends hausser la voix…

— Le sommet, moi, je ne pourrai jamais l'atteindre. J'ai seulement le droit de le regarder… Parce qu'en haut il y a un Suédois sous Tranxène, un sale gosse américano-irlandais et un bagarreur du Missouri ! Mon point culminant, j'ai fait une croix dessus. Alors, tu vas continuer de te battre ! Tu sais pourquoi ? »

Il a relevé son visage émacié, encore en sueur. Dans ses yeux rougis, je voyais désormais de l'étonnement. Silence. Un peu penaud, il fit « non » de la tête.

« Parce que je ne t'ai jamais battu. Jimmy, John, c'est fait ; toi, non. Une victoire, une seule petite putain de victoire contre toi, voilà ce que je veux ! Et si je dois venir te chercher par la peau des fesses dans ton hospice en Suède, tu seras peut-être en chaise roulante, et moi en déambulateur, mais tu joueras ! Et si tu meurs, je me ferai enterrer face à toi et je demanderai qu'ils installent un filet entre nos deux tombes. Même là-haut, je t'aurai ! »

Fred Stolle, mon entraîneur, que j'ai dû rendre aussi fou que fier, m'a dit un jour :

« Vitas, tu n'es pas un tennisman. Tu es un équilibriste ! »

Et comme tout le monde, un jour, j'ai fini par tomber.

Au prix d'un effort surhumain, j'attrape mes lunettes de soleil, je les place sur mon nez. En passant la main sous mes narines, je trouve du sang séché. Cette petite croûte lève un bout de voile sur mes souvenirs vaseux : j'ai encore forcé sur la poudre. J'abîme ma cloison nasale depuis des années. Aujourd'hui, elle est fine comme du papier à cigarette, comme les murs de ma chambre d'enfant, à Brooklyn. Quand j'entendais crier « À table ! », je ne savais jamais si le dîner était servi chez nous ou chez les voisins.

J'ai l'impression d'être un cafard qui se traîne à la vitesse d'un escargot. Je me rassure : impossible de finir sous la semelle d'une chaussure, je ne suis pas un insecte. Ce qu'il me faut, c'est un trait. Le mal par le mal.

Je fouille mes poches de pantalon, devant, derrière. Je trouve un billet de 100 dollars enroulé sur lui-même, paille de luxe pour sniffeur VIP, et un ticket de vestiaire du Club 1235 à Miami. La moquette où j'ai échoué, c'est celle de mon appartement, sur Turnberry Isle. J'ai acheté les deux premiers étages de cet immeuble ultramoderne, ultrasécurisé, au début des années 1980, pour mes parents et moi. J'aurais bien emménagé plus haut, mais ma mère a le vertige. Jimmy aussi a acheté ici, en Floride, on est donc voisins. Lui s'est offert le 28e étage, le dernier de la tour, avec un *rooftop* et une vue incroyable sur toute la ville. Les soirées commencent chez lui et se terminent au casino. Je descends en boîte de nuit tandis qu'il continue de jouer. Celui qui rentre le plus tard n'est pas celui qu'on croit.

Jimmy aime jouer. Plus que de raison. Chacun ses addictions. La mienne me coûte cher, mais la sienne encore davantage. Il y a laissé des sommes colossales, et presque son mariage, le jour où Patty a découvert le pot aux roses. Son problème, c'est qu'il déteste perdre, au poker comme au tennis : il en devient fou. Sauf que le casino est imbattable. Jimmy a plus souvent gagné contre Björn ou John. Mais il s'entête, ce forcené. Tant qu'il ne sort pas vainqueur, il rejoue, jusqu'à perdre la raison et des centaines de milliers de dollars. Jimbo a réuni ses deux passions en 1992, au Caesars Palace de Las Vegas, lors de sa « guerre », « sa bataille des sexes », contre Martina Navrátilová. Le 25 septembre, il a parié un million cash sur lui-même. Il avait 40 ans et il avait dégringolé à la 62e place du classement ATP. Mais il a battu Martina 7-5, 6-2. Ce jour-là, sa virilité et ses finances ont failli en prendre un coup.

« Vitas ! Vitas ! »

Jimmy tambourine à la porte. Je suis tellement amorphe que je ne sursaute pas.

« Ouvre-nous, je t'en prie ! »

Cette voix sort de la bouche que j'ai le plus aimé embrasser. Celle de Janet. Janet Jones. Des conquêtes, on m'en a beaucoup prêté. Je les ai toutes rendues – parfois à leur mari. Mais Janet est la seule femme que j'aurais pu épouser. Une petite blonde, sublime, d'un naturel éblouissant. Elle m'a émerveillé lorsque je l'ai rencontrée au Studio 54. Elle ressemblait à une oasis de pureté dans ce désert de dépravés. Un ange au milieu des démons. Sur la route du paradis, elle avait dû se tromper d'embranchement et atterrir en enfer. On s'est aimés follement pendant plus d'un an. En pointillé, entre mes tournois et ses tournages.

« Vitas, je t'aime, tu m'aimes, on s'aime. Alors, pourquoi tu ne veux pas m'épouser ?

— Justement parce que je t'aime ! Je sais que je finirais par te faire du mal. Il y a trop de tentations sur cette foutue Terre…

— Des conneries ! Dis-moi la vérité, tu n'as pas envie de te marier, c'est tout…

— Ce n'est pas ce que tu crois…

— Bien sûr que si ! Tu n'as pas le cran de me dire qu'être marié, pour toi, ce serait comme jouer tous tes matchs avec le même adversaire ! Tu veux une femme pour la vie, les autres pour la nuit ?

— Tu me connais tellement bien, Janet. On est faits l'un pour l'autre…

— À la réflexion, Vitas, on va faire plutôt l'un sans l'autre. »

Je lui ai refusé son plus beau rôle. Moi, le play-boy, j'ai dit « non » à la playmate de mars 1987. J'ai gardé précieusement le magazine, en souvenir. En couverture, elle posait dans un peignoir en soie échancré, tenant une pipe façon Sherlock Holmes.

Le rôle de sa vie, elle a fini par le décrocher avec un autre : Wayne Gretzky, numéro 99 des Oilers d'Edmonton. Janet est devenue la numéro une dans le cœur du meilleur joueur de hockey sur glace de tous les temps. Ils se sont mariés le 16 juillet 1988. J'ai appris que son patineur canadien lui avait offert une Rolls-Royce à 200 000 dollars. Je n'étais pas invité. C'était sans doute mieux comme ça. La pièce montée aurait eu un goût amer.

J'ai raté la balle de match avec Janet. J'ai joué petit bras. Dans ma vie amoureuse comme sur le court, j'ai toujours essayé d'aller de l'avant. Trop peut-être. Je suis attiré par le filet. Avec ma jolie blonde, je me suis pris les pieds dedans. On est restés les meilleurs amis du monde. Elle est même devenue ma confidente. Quand elle n'est pas accaparée par son hockeyeur, on passe du temps ensemble. On a fini par réussir à rire de notre histoire d'amour avortée.

« Quand on était ensemble, Vitas, je rêvais d'avoir un mari et cinq enfants…

— Moi, Janet, je rêvais d'avoir un enfant et cinq épouses. Et encore, j'étais prêt à échanger le gamin contre une sixième femme ! »

Derrière la porte de mon appartement, j'entends Jimmy et Janet qui me supplient de répondre. J'aimerais pouvoir leur ouvrir, mais je ne peux pas. Je n'ai pas envie qu'ils me voient dans cet état. D'habitude, je suis tiré à quatre épingles. Là, je suis planté au sol, comme un papillon agrafé par les ailes. Mais Jimmy n'est pas du genre patient. Avant que je puisse leur répondre, il a enfoncé la porte d'un coup d'épaule. Droite. Pour éviter de blesser celle avec laquelle il joue. Professionnel même lorsqu'il s'agit de sauver un ami.

Janet se précipite sur moi. Je lève la tête et lui souris. En retour, je récolte une gifle.

« Vitas, si tu laisses cette saloperie te détruire, tu ne me reverras plus jamais de ta vie ! C'est moi ou cette merde, tu m'entends ? »

Jimbo ouvre les stores, les fenêtres et découvre la désolation qui règne autour de moi, comme si un cyclone était passé au-dessus de la Floride en épargnant tout, sauf mon appartement.

« Qu'est-ce que tu as foutu, Vitas ? »

La lumière du jour me brûle les yeux, mais j'y vois plus clair : je découvre l'étendue des dégâts. Une déchetterie dans un appartement de luxe. Des emballages, des bouteilles vides, des taches sur la moquette et le canapé, des vêtements froissés, en vrac, par terre. Sur la table basse, une grosse quantité de poudre posée sur un plateau en argent. D'en bas, j'ai l'impression de voir la cime enneigée d'Aspen. J'ai encore dû jouer la dameuse avec mon nez. Je comprends mieux l'état dans lequel je suis. Jimmy me prend par les aisselles et me pose dans un fauteuil. Janet décroche un miroir du salon et s'approche de moi.

« Dis-moi qui tu vois là-dedans ?

— Une version de moi, qui n'est pas au sommet de sa forme…

— Regarde mieux ! »

Je m'approche : des poches violettes sous les yeux, la peau blême, les lèvres bleutées. J'ai l'impression d'être en face de mon cadavre : mes cheveux ont viré au blanc et mes pupilles sont tellement dilatées que mes yeux bleus ont l'air d'avoir été souillés par une marée noire.

« Alors ? Tu vois quoi ? Je vais te le dire : un junkie ! Voilà ce que tu es devenu ! »

Elle a raison. Depuis que j'ai mis fin à ma carrière, ma vie s'est transformée en toboggan, sur lequel j'ai commencé à glisser doucement. En mars 1986, je me suis fait étriller par ce jeune Slovaque, Marián Vajda, au premier tour du tournoi de Bruxelles. Je n'étais plus que l'ombre de moi-même. Un mois funeste : le Studio 54 mettait la clé sous la porte et son meilleur client mettait fin à sa carrière. Une décision simultanée, sans concertation. Au début, j'ai été soulagé d'arrêter de m'infliger du tennis. J'ai été content, aussi, de mettre un terme à une parodie de moi-même. J'ai eu la conviction de bien faire. Et puis, j'ai pris de la vitesse sur la rampe de descente. Il fallait combler le vide. Mon existence avait perdu tout son sens. Le tennis me donnait une bonne raison de me coucher tard et de me lever tôt. Le manque aussi, le manque surtout. Je découvrais après toutes ces années que je n'étais pas accro à une seule drogue. Le tennis me permettait de m'offrir de la cocaïne, et la cocaïne de continuer à jouer au tennis. Ces deux raquettes se renvoyaient la balle, et la balle, c'était moi, tombé dans le bas du filet.

Jimmy s'approche de moi et s'accroupit à ma hauteur.

« Tu te rappelles ce que tu as dit un jour ?

— Quel jour ?

— Celui où ton dealer est venu m'en proposer… »

Je me souviens de ce soir de virée, au Xenon, avec Nasty et Jimbo. Vilas traînait avec nous. John Lloyd n'était pas très loin. Mon pote british s'était marié avec Chris Evert quand Jimbo l'a quittée. Leur couple avait résisté à la perte d'un bébé, pas à leur carrière. J'ai salué de la main mon ami John qui s'amusait sans sa femme. Je ne lui avouerai jamais mon secret. Même sous la torture, je le nierai, sauf si évidemment le bourreau a des porte-jarretelles et un 90C. Sa femme ne m'était pas inconnue. En passant des charmes rugueux de l'Illinois à celui, délicat, de l'Angleterre, elle a fait un petit crochet par la Lituanie, ses nuits endiablées et ses aventures exotiques.

Je dansais sur la piste, la veste par-dessus l'épaule. Un de mes dealers habituels tournait autour de notre table. Quand il s'est approché de Jimmy, j'ai basculé de la fièvre du disco à l'instinct du chien de garde, de Tony Manero à Tony Montana. J'ai attrapé le vendeur par le bras, grand sourire, tout en contrôle. À ma façon de serrer son biceps, il a cru que je voulais quelques grammes. Je l'ai entraîné dans les toilettes, notre lieu de rendez-vous habituel. Je l'ai plaqué contre le mur en céramique blanc.

« Détends-toi, j'ai ce qu'il te faut. Arrivée directe de Bogotá. C'est une cousine qui a fait la mule.

— Éloigne ta merde de Jimmy, ou tu n'auras plus jamais l'occasion d'en vendre. Ni à moi, ni à personne d'autre ! »

Jimbo attendait que le souvenir me revienne à l'esprit. Il a bondi comme une balle en retour de service, il a saisi mon plateau couvert de cocaïne et l'a balancé par la fenêtre. 75 000 dollars de poudre ! Ma réserve d'énergie s'est envolée en fumée.

« À mon tour de te garder éloigné de cette merde », m'a-t-il dit, ses yeux plantés dans les miens.

Pendant cinq mois, Jimmy ne m'a pas lâché d'une semelle. C'est tout juste s'il ne pissait pas avec moi. Il m'avait proposé – imposé, plutôt – de le suivre pendant la tournée européenne du printemps. La feuille de route était simple : me faire passer de moins de tennis et beaucoup de coke à moins de coke et beaucoup de tennis. Au début, je me suis arraché les cheveux. Heureusement, vu ma tignasse, ça ne s'est pas trop vu. Jimbo avait embarqué avec nous un médecin spécialisé dans l'addiction. Je n'en voyais pas l'utilité : je n'étais pas malade. Pas besoin de traitement, je m'étais autodiagnostiqué le seul remède valable : la volonté. À boire avec un grand verre de déni. Quand on décide d'arrêter de jouer au tennis, le corps et la tête se retrouvent devant un feu rouge. Certains essayent de le griller – ils finissent percutés par la réalité. La coke, c'est différent : c'est elle qui décide quand elle vous arrête. Elle est vicieuse, elle vous fait croire que vous contrôlez la situation. Et vous le croyez. Ce qui prouve que c'est elle qui vous contrôle. Vous êtes à son service. Vous devenez un toutou en laisse auquel elle donne un peu de mou, qu'elle regarde s'éloigner, à qui elle laisse croire que vous lui avez échappé – c'est là qu'elle tire un coup sec : le collier vous étrangle. Elle n'a plus qu'à vous ramener à elle. Sa façon de se laisser consommer en dit long : elle vous mène par le bout du nez.

L'arrêt soudain de la cocaïne a causé un grand vide en moi. Et ma nature a horreur de ça. C'est sans doute la raison pour laquelle, depuis l'enfance, je ne tiens pas en place. J'ai toujours besoin d'être en mouvement, ou qu'il y en ait autour de moi. Je me suis rempli des autres. Un jour que j'étais au restaurant, Mac m'a rejoint à la table. On était une douzaine de convives, autour d'une trentaine de bouteilles de Dom Pérignon. J'étais en train de régler l'addition :

« Vitas, tu ne me présentes pas tes amis ?

— Je ne sais pas qui c'est…

— Alors, pourquoi tu paies pour eux ?

— Parce qu'ils m'ont aidé à combler mon vide… »

C'est comme ça. Mon existence, je la vis au minimum à deux. Pour jouer au tennis, pour faire l'amour, pour faire la fête, pour discuter jusqu'au bout de la nuit. Le jour où je serai seul, ça voudra dire que je suis dans un cercueil. Comme maintenant.

Dans le trou laissé par la drogue, j'ai glissé une balle de golf. Je me suis mis à ce sport de vieux millionnaires bronzés à la retraite. Logique : retraité, je l'étais – bien que trente ans avant eux. La première chose qui m'a séduit, c'est la tenue. Pouvoir faire du sport avec des chaussures en cuir de veau bicolore, un pull sans manches en cachemire sur un polo en coton Sea Island et un pantalon chino, c'est le bonheur absolu. J'ai fait beaucoup de sacrifices durant mes années de tennisman, le pire a été celui de l'élégance. Avec ma tenue de golfeur, j'aurais pu rejoindre une *party* sans passer par les vestiaires. Un véritable gain de temps. Et le temps, c'est de l'argent que je claque. Même si j'ai dû freiner mes dépenses. Je suis autant retraité que chômeur, après tout, aussi étonnant que cela puisse paraître. Mon train de vie est arrivé à son terminus. Maintenant, c'est Jimmy qui arrose. Il prend tous les frais à sa charge. Je suis gêné, il le sait, il le sent.

« Merci, mais tu n'es pas obligé…

— C'est moi qui devrais te dire merci, Vitas…

— Je ne vois pas pourquoi ! Je ne t'ai pas présenté Patty !

— Heureusement ! Si tu l'avais connue avant moi, tu l'aurais gardée pour toi ! Elle doit être la seule playmate que tu n'as pas dans ta collection !

— Playmate 1977. Grand cru, Jimbo. À l'époque, tu faisais ton casting dans *Playboy*. Ton ex, c'était bien septembre 1976 ?

— Octobre. Hope Olson, une petite blonde…

— Fausse blonde !

— Sacré Vitas ! C'est exactement pour ça que je te remercie ! Et tous les jours ! Et puis, le golf me pend au nez, moi aussi. Tu me donneras des cours et on sera quittes… »

Donc, je suis redevenu accro à une petite balle. Ironie du sort, elle est blanche, elle aussi. Chronophage, entêtante, autoritaire : elle m'oblige à prendre l'air. Je pourrais faire le contraire des maris infidèles : prétexter d'aller voir une maîtresse pour aller me taper un parcours, tellement c'est devenu vital. Le golf m'a réconcilié avec mes deux passions dévorantes : elle m'a remis sur les rails. Elle m'a même redonné envie de taper la balle en feutrine qui a fait mon bonheur et mon malheur. Je rejoue avec Jimmy. Je suis son sparring-partner de luxe.

« J'ai l'habitude, Jimmy. J'ai déjà donné avec Björn !

— Je le sais bien, espèce d'enfoiré ! C'est à cause de toi qu'il m'a battu à Wimbledon en 1977 !

— C'est aussi grâce à nos entraînements que j'ai réussi à le battre ! Dommage qu'ils ne soient pas considérés comme des matchs officiels ! »

Mais il est temps d'ouvrir le dossier Wimbledon 1977. Le sommet de ma carrière. Je l'ai maintes et maintes fois raconté. La dernière fois, c'était à Andy Warhol.

Un coton-tige avec des lunettes, voilà à quoi il me faisait penser, l'inventeur du pop art. Il ne ressemblait à rien, et c'est ce qui le rendait unique. On s'était rencontrés au Studio 54 où il avait, lui aussi, ses habitudes. Des mauvaises. Sous ses dehors frêles et timides, il savait ce qu'il voulait, et comment l'obtenir. Dans tous les domaines. Lui et moi, on s'est tout de suite bien entendus. Bizarrement, parce qu'on avait autant de points communs qu'un bagel et un fusil d'assaut. Et puis, en discutant, quelque chose nous reliait : le trou dans le bagel pouvait provenir d'un tir de fusil d'assaut.

Nous étions tous les deux originaires des pays de l'Est.

« Gerulaitis, ça sonne lituanien, je ne me trompe pas, n'est-ce pas ? Si je me trompe, tu peux me le dire. Je ne me vexe pas.

— Lituanien, exact. Par contre, Warhol… C'est polonais ?

— Tchèque ! Varhola, là-bas, ou plutôt Warhola. J'ai recadré mon nom, c'est naturel pour un photographe. Tu n'ignores pas que je suis photographe ? Non, bien sûr, personne ne l'ignore… En arrivant ici, mon père est passé du V au W. Son rêve américain à lui. C'était gratuit et comme il n'avait pas les moyens de s'offrir grand-chose, il s'est fait ce plaisir. Le W, pour lui, c'était Washington, le western, Walt Disney, bref, l'Amérique !

— Et le whisky ? Je t'offre un verre. Tu bois quoi ? Une soupe Campbell ?

— Ah non, elle, je ne peux plus la voir en peinture ! Y compris les miennes !

— Au prix où tu vends tes tableaux, ne crache pas dans la soupe ! »

Derrière ses verres fumés, modèle Miltzen de chez Moscot, j'ai vu ses yeux pétiller.

« On m'avait dit que tu étais drôle, Vitas. C'est vrai : on mentirait en disant le contraire. Pour le reste, tu fais quoi dans la vie ?

— Je joue au tennis…

— Ah ! très bien… Mais comme métier ?

— Je joue au tennis…

— C'est plutôt moi qui vais te payer un verre alors !

— Ne t'inquiète pas, Andy : j'ai gagné un tournoi la semaine dernière. On va boire la coupe ce soir !

— Je ne bois pas…

— Moi non plus. Deux points communs, c'est un bon début ! »

La suite me le prouva. Andy aime attirer l'attention. Sa collection de perruques mauves, platine, gris argent teintées rose, selon ses humeurs, faisaient l'effet d'un phare. Il attirait une faune bien particulière. Il ne sérigraphiait pas que les Marilyn. Il y avait aussi les admirateurs : les ambitieux qui rêvaient de la Factory, les minets qui se voyaient dans son lit, les désintéressés qui le savaient capable de toutes les folies. Je faisais partie de ce dernier tiers. Un jour que l'on déambulait sur la 47e Rue, une mère avec une poussette l'a reconnu. Comment ne pas le reconnaître, d'ailleurs ? La notoriété, c'était sa drogue, plus encore que les pilules amincissantes qu'il s'enfilait comme des M&M's. La jeune femme lui a demandé un autographe. Panique, elle n'avait même pas une feuille de papier sur elle. Elle a sorti une couche-culotte. Impossible d'écrire dessus. La mère était désespérée. Andy a eu une idée, à sa hauteur : il a signé sur la cuisse du bébé.

« Voilà, madame, votre fils vaut maintenant 1 million de dollars ! »

Le soir, lors d'un vernissage dans une galerie de Soho, il m'avait pris à partie :

« Tu connais Richard Weisman ?

— Comment tu le sais ?

— Je ne sais pas, justement : je te le demande !

— Oui, c'est un bon ami. Pas plus tard que cette nuit, j'étais chez lui. Grosse *party* dans son penthouse pour fêter la victoire des Rangers sur les Islanders ! Tous les joueurs étaient là !

— C'est du basket ?

— Andy, tu es sérieux ? C'est du hockey ! La coupe Stanley, les playoffs, c'était les demi-finales ! Le derby new-yorkais ! Le feu au Garden ! Tu n'étais pas au courant ?

— Non. Je suis de l'école Winston Churchill : "*No sport!*" Et c'est bien le problème : Richard m'a commandé une série de dix toiles sur des icônes en short. Comme je déteste moins les dollars que le sport, j'ai accepté. Mais je n'y connais rien !

— Tu veux que je t'aide ?

— Je veux que tu poses ! »

Andy a sorti de la poche de sa veste un papier avec des noms écrits à la main. Richard avait dressé la liste des sportifs dont il voulait le portrait : Pelé, Ali, Nicklaus, Kareem Abdul-Jabbar, Chris Evert. Les numéros un de leur discipline. Et le dixième nom gribouillé, c'était le mien…

« Tu ne peux pas me le refuser… »

Définitivement pas. Richard était le fils des deux fondateurs du musée d'Art contemporain de Los Angeles. J'avais connu nombre de fils de millionnaires arrogants et imbuvables. Ces fils à papa nés avec une cuillère d'argent dans la bouche, je leur aurais bien volontiers planté le reste du service, fourchette et couteau, entre les deux yeux. Richard, c'était l'exception qui confirme la règle. Sa fortune, il en faisait profiter les autres, notamment les artistes dont il achetait les toiles, question d'hérédité. Son appartement du 50 United Nations Plaza était sans doute l'un des plus beaux musées de New York. Des Lichtenstein, des Norman Rockwell, des Peter Beard et bien sûr des Warhol. Fermé au public mais ouvert jusqu'au bout de la nuit à ses amis. Richard était le genre à détester la solitude. Il était la plupart du temps bien accompagné et je faisais partie des habitués. Ce fou de sport nous emmenait en jet privé assister à des matchs de l'autre côté des États-Unis. Il se pliait en quatre pour nous faire plaisir. Je me souviens d'un jour où je participais à un match d'exhibition à Vegas. Je l'avais invité ; il avait la loge au bord du court, du champagne, des petits-fours et des groupies à volonté. L'après-midi avant la rencontre, il m'avait demandé ce qui me ferait plaisir.

« Je donnerais tout pour manger des spaghettis *cacio e pepe*!

— Je sais où l'on déguste les meilleurs au monde : chez Augusto, une trattoria de Little Italy… La table réservée par Sinatra quand il vient à New York !

— Mais on est à Vegas, Richard…

— Où est le problème ? »

À la fin du match, j'ai vu débarquer, fraîchement descendu de son jet privé, un cuisinier de chez Augusto avec sous le bras une cantine isotherme qui contenait les fameuses pâtes et deux bouteilles du meilleur des Barolo. Le tout soigneusement servi sur une table, avec une nappe blanche brodée rouge au nom du restaurant. Richard n'avait pas menti : les spaghettis étaient sublimissimes.

« Tu as encore faim, Vitas ? Ils ont un tiramisu d'anthologie. Si tu veux le goûter, je renvoie le jet ! »

À mon tour de faire plaisir à Richard en posant pour Andy. Il m'avait proposé de le retrouver dans sa propriété de Montauk, face à la mer. Urbain jusqu'au bout des ongles, Andy s'était trouvé un endroit calme, loin de Manhattan et de cette agitation parfois superficielle dont il était pourtant l'un des artificiers. Il n'était pas à une contradiction près, à moins que ce soit le symptôme de sa relation schizophrénique au monde. Le gamin timide de Pittsburgh et l'adulte décomplexé de New York, capables d'être dans l'œil du cyclone tout en l'observant de loin.

On a beaucoup bringué ensemble à Manhattan mais notre plus beau moment eut lieu en plein jour. Et il se passa en dehors de New York – au bout de Long Island. Je repense aux circonstances amusantes qui m'ont conduit là-bas en Peugeot 604. Le constructeur français m'avait choisi comme ambassadeur pour s'implanter aux États-Unis. Lions, de Sochaux et de Lituanie, on s'était bien entendus. Cette voiture n'était pas la plus rutilante que j'ai eue dans ma collection, mais c'est la seule qui m'a rapporté plus qu'elle ne m'a coûté. Je devais la conduire de temps en temps. C'était le contrat. Je m'arrangeais pour me rendre dans des endroits où j'avais peu de chances d'être vu. Au bout de Long Island, c'était le désert. Les seuls rires que je risquais d'essuyer étaient ceux des mouettes moqueuses. Tant mieux. Les Français sont aussi doués pour fabriquer des limousines que les Américains pour faire du vin.

Au loin, j'apercevais la pointe de l'île et son sémaphore en grès tricolore, brique à sa base, blanc au milieu et noir au sommet. Sa lumière avait été le premier signe de vie pour des générations d'immigrants. Elle avait rassuré des familles, donné de l'espoir à tous ceux qui arrivaient à bon port après une traversée de l'Atlantique toujours incertaine. La lumière du phare de Long Island brillera encore longtemps après que la mienne se sera éteinte. Je ne lui envie pas son éternité. L'immortalité m'excite assez peu. Disposer à volonté d'un buffet ou de l'existence les rend banals. Je finirais par m'en lasser : je me connais. Vivre ne sert à rien si l'on ne peut pas mourir. C'est comme jouer un match de tennis sans personne de l'autre côté du filet. Tôt ou tard, on a envie d'avoir quelqu'un en face, même si l'on sait qu'il va nous atomiser.

Après quelques kilomètres à travers une forêt touffue, je débouche sur Warhol Land, un parc de six hectares où le vert de la lande embrasse le bleu de l'océan. Devant un ensemble constitué de cinq maisons blanches, Andy m'attendait, surpris. Je baissais la vitre de ma Peugeot.

« Tu n'as pas de chauffeur, Vitas ?

— Pourquoi veux-tu que je me fasse conduire ?

— Parce que conduire n'a strictement aucun intérêt. Une voiture n'est qu'un carrosse revisité. Sa Majesté Andy Ier à l'intérieur et un écuyer pour le faire avancer.

— Le cuir des sièges, le ronflement du moteur, le crissement des pneus, ça vaut le parfum dans le cou d'une femme, le glissement d'une robe et le grincement d'un lit... La courbe d'une Ferrari, la sensualité d'une Lamborghini, le charme d'une Jaguar n'ont rien à envier à celles de beaucoup de filles que j'ai croisées...

— Tu es un poète automobile... Mais la comparaison déplairait à Angela Davis.

— La seule Davis qui compte, c'est la coupe. Et je la soulèverai en décembre prochain. On joue la finale contre l'Italie à San Francisco. Viens me voir jouer !

— Frisco ? Mais c'est le bout du monde ! Quand je franchis l'Hudson, je me sens déjà fébrile, alors la côte Ouest ! Non, je te regarderai à la télé, si j'y pense ! Tu restes dans ta belle voiture sensuelle ? »

En poussant la porte de la maison principale, j'ai eu l'impression d'entrer dans un paquebot à la retraite ; fatigué de naviguer sur toutes les mers du globe, il serait venu se reposer sur un bout de plage et aurait laissé la place aux jeunes voiliers ambitieux. L'intérieur, tout en bois, était recouvert de lattes en acajou, du sol au plafond. Des fenêtres à guillotine offraient une vue dégagée sur l'océan. Quelques mouettes criardes passaient par là, guettant les bateaux de pêche qui ne tarderaient plus à rentrer. Andy s'est assis dans un immense canapé rouge en cuir face à un bow-window.

« Regarde ! Le bleu de la mer, le vert de la côte, le gris de la roche, cette lumière qui danse avec les ombres. C'est sublime. Et déprimant…

— Déprimant ?

— Van Gogh, Manet, Renoir, Cézanne, ils ont tous essayé de reproduire la beauté de la Nature. Moi, j'ai choisi l'abstrait. Pas par choix. Par capitulation.

— Il est très concret, ton abstrait. Tes Marilyn, c'est Marilyn vue par plusieurs daltoniens… »

Andy a souri avec cette pudeur infantile et ce regard bas qui laissait penser qu'il avait toujours une bêtise de retard. Il a sorti un Polaroid de son étui en cuir, le modèle SX-70 avec une barre de flashs.

« Mes consultations sont un peu plus chères que celles d'un ophtalmo. Mais ta vision assez réductrice de mon travail ne le décrit pas si mal, au fond… »

Il m'a visé avec son objectif. Un œil dedans, l'autre dehors. Il s'est levé et a commencé à me tourner autour, comme un vautour affamé.

« Tu sais ce que c'est, un rémora ? C'est un poisson à ventouse qui se colle aux requins. Je suis un rémora… La réalité, c'est le requin auquel je suis ventousé… Je me nourris des restes qu'il me laisse… »

Il appuyait sur le déclencheur tout en parlant. Son appareil sortait des photos qu'il secouait avec deux doigts. Mon visage apparaissait sous tous les angles.

« Les miettes de réel… Je les multiplie, je les agence, je les colorie… Je suis un reproducteur… Ironique, non ? Un reproducteur, pour quelqu'un qui n'aura jamais d'enfant ?

— Tu me donnes le tournis. Tu ne veux pas faire une pause ?

— Non, c'est bon, j'ai tout ce qu'il me faut !

— C'est déjà fini ?

— On vient juste de finir de commencer... »

Andy s'est arrêté d'un coup. Il m'a montré le travail fait avec les autres. Ce n'était pas la warholisation qui le passionnait le plus, même s'il l'avait prise à bras-le-corps, à en devenir presque enthousiaste.

« Vous, les sportifs, vous êtes les icônes d'aujourd'hui : le nouvel opium du peuple. Les acteurs, eux, sont des cambrioleurs : ils pénètrent dans la vie d'un personnage et repartent avec sa richesse. C'est *fake* ! Pas vous. L'uppercut dans la mâchoire de Mohamed Ali, il est vrai. Le touchdown d'O.J. Simpson, il est vrai... Les matchs que tu gagnes, personne ne te les donne. Vous ne faites pas semblant...

— Détrompe-toi. Une soirée à ne pas manquer vaut parfois un match balancé. Cette comédie-là, je l'ai déjà jouée.

— Tu as une raquette et une tenue ?

— Dans le coffre...

— Comme Abdul-Jabbar et Pelé avec leur ballon, je veux te photographier avec ta raquette. Parce que vous êtes indissociables : tu n'existes pas sans elle, elle n'existe pas sans toi. »

J'ai pris ma raquette fétiche : Wimbledon 1977.

« C'est l'arme d'un chevalier ? Tu as gagné le tournoi avec ton épée ?

— Non, je l'ai perdu. Mais j'ai gagné un ami.

— Donc c'est un objet d'amour que tu tiens dans ta main… »

J'ai enfilé un polo blanc Tacchini. J'ai pris ma Wilson Stan Smith Autograph et j'ai suivi Andy jusqu'à la petite maison située à la pointe nord de sa propriété. Je me suis installé dans la lumière du studio photo.

« J'ai déjà posé pour Fabergé…

— J'ai vu cette pub : je veux tout le contraire. »

Je la trouvais élégante, pourtant, cette photo : accoudé à une Rolls-Royce rutilante, décontracté, en costume avec un œillet rouge à la boutonnière, le regard ténébreux, le petit sourire charmeur, les doigts croisés. « Sous sa veste Saint Laurent, sa cravate Cardin, sa chemise Dior, Vitas Gerulaitis porte *Brut.* » Cette eau de toilette, j'en mettais constamment. Son côté épicé et viril convenait à ma peau. Nasty disait qu'il me sentait arriver, les yeux fermés, à un kilomètre. Lors d'un match exhibition à Chicago, il est entré sur le court avec une pince à linge sur le nez. À la fin de la partie, avant de s'engouffrer dans les travées, il a ouvert son sac et a sorti une bombe désodorisante. Il en a aspergé le court comme on quitte les toilettes. Mais j'ai continué à le porter : il a l'odeur de l'argent. D'ailleurs, c'était le parfum d'Elvis.

« Oublie que je suis en train de te photographier, parle-moi : raconte-moi Wimbledon 1977…

— Le pire moment de ma carrière, mais le plus beau jour de ma vie… »

Le gazon vert, Björn et sa raquette Donnay ont remplacé le studio blanc, Andy et son Polaroid ; et le bruit de l'appareil photo fut vite couvert par celui de la foule du court central de Wimbledon. Dans les gradins, le gotha londonien, avec ses bibis colorés et ses cravates épinglées, était sagement installé, dans une ambiance feutrée, aux antipodes de l'US Open : à Flushing, on vient pour voir, à Wimbledon, pour être vu ; là-bas, le court est un ring de boxe, ici, un green de golf ; les premiers boivent des bières, les seconds, du thé ; les uns éructent, les autres prennent soin de ne faire aucun bruit. À Flushing, c'est la cour des miracles ; à Wimbledon, c'est la cour royale, avec sa loge, où Élisabeth II est apparue cette année-là, exceptionnellement, et uniquement pour la finale des *ladies*. Toute de rose vêtue, elle a remis à Virginia Wade le Venus Rosewater Dish. Depuis 1886, la gagnante du tournoi reçoit cette assiette en argent doré avant de la rendre. Les Anglais sont si conservateurs qu'ils reprennent leurs trophées. Les vainqueurs n'ont droit qu'à une réplique.

Je rêvais d'approcher la reine d'Angleterre ; ce serait la case « Arrivée » sur le jeu de l'oie de ma vie de fils d'immigrés. Pour l'atteindre, il fallait être en finale. Mais, entre Élisabeth II et moi, il y avait un autre roi : Björn Ier. Le tenant du titre ne comptait pas le lâcher. Il l'avait remporté, l'année précédente, pour la première fois, en battant Nasty. Cette fois-ci, il lui avait même roulé dessus, en quart de finale, comme la tondeuse sur le court. De mon côté, j'avais sorti Billy Martin, un Américain qui n'avait jamais fait d'étincelles sur le circuit. Je retrouvais donc Borg en demi-finale. C'était déjà une terreur, mais j'avais des atouts : mon jeu l'avait toujours enquiquiné. Jamais au point de le battre, mais je lui prenais, chaque fois, au moins un set. Or je devais lui en prendre trois pour m'offrir ma toute première finale de Grand Chelem.

Je n'avais pas encore envoyé les billets d'avion à Tétis, maman et Ruta. Je ne suis pas superstitieux, je suis précautionneux, mais suffisamment confiant pour les avoir pris en douce et glissés dans ma valise. Ils étaient bien au chaud, avec mon « remontant », dans le coffre de ma chambre d'hôtel. J'étais persuadé que j'étais dans un bon jour : depuis que mon réveil avait sonné, tout avait l'air de me sourire. Mon toast beurré était retombé du bon côté, l'ascenseur arrivait exactement quand je l'appelais. Les planètes étaient alignées.

Comme tous les joueurs, j'ai mes habitudes, mes tics, c'est ma façon de me concentrer. Je devais éviter de regarder les tribunes, où des femmes à la plastique parfaite allaient me déconcentrer. Je ne devais penser qu'au match. C'était la grande force de Björn. Un missile aurait pu s'écraser à ses pieds, il aurait continué à faire rebondir sa balle comme un métronome avant de servir. J'étais persuadé d'avoir le style de jeu parfait pour enrayer sa belle mécanique. L'équation était simple : plus je jouerais de coups, plus je perdrais de points. Ma stratégie était simple : monter au filet le plus souvent et le plus vite possible. Je n'ai jamais eu de grands coups, comme Björn, John et Mac. Mon point fort, c'était mon jeu de jambes. J'avais du feu dans les cuisses et les mollets qui les prenaient tous de vitesse. Tétis l'avait rapidement détecté. Mon premier coach à l'Académie de Port Washington, M. Hopman, m'avait fait travailler en ce sens.

« Au tennis, disait-il, il vaut mieux avoir un mauvais bras et de bonnes jambes qu'un bon bras et de mauvaises jambes! »

Il avait raison. Une balle, c'est comme une jolie fille : elle vient rarement à toi, tu dois aller la chercher. J'ai des courbatures en pensant aux impitoyables séances de « Hopman smash » : lob, smash, retour à la volée, ainsi de suite, le temps d'un saut de balles. L'expression « être mort de fatigue » prenait tout son sens. J'avais su en tirer des bénéfices à l'âge des premières amours. J'avais 15 ans et je m'entraînais avec ma copine Mary Carillo à l'Académie. Il faisait chaud, j'avais un pull sur ma chemisette. J'aurais pu l'enlever au changement de côté, mais j'ai eu une meilleure idée.

« Mary, je te parie que je peux servir, jouer le point et le gagner tout en retirant mon sweat-shirt !

— Un hot dog en jeu ?

— Tu as de quoi le payer, au moins ?

— Question inutile : c'est toi qui vas me l'offrir… »

J'ai engagé, posé ma raquette, enlevé mon sweat avant qu'elle ait eu le temps de renvoyer la balle, repris la raquette et terminé le point à la volée. Je m'étais même permis le luxe de relever le col de ma chemisette. J'aurais même pu enlever mon short. Je ne l'ai pas fait. Pas pour humilier Mary qui devait déjà débourser un dollar mais parce que ce jour-là j'avais oublié de mettre un caleçon.

Face à Björn, ma vitesse fonctionnait au-delà de mes espérances. Même s'il avait remporté le premier set 6-4, je le déstabilisais en montant dès que possible à la volée, parfois au bluff, en kamikaze. Je l'agressais, comme un pic s'attaque à un bloc de glace. Au début, il résistait sans souffrir. Mais, à force de taper au même endroit, il finit par se fendiller. Au deuxième set, je gagne 6-3. Sous le coup de l'euphorie, j'ai eu l'impression de trouver la martingale. Excès de confiance. Le tennis de haut niveau ne supporte pas le relâchement. Björn me l'a rappelé au troisième set. 6-3. Il suffisait de tout faire un peu moins bien pour qu'il reprenne la main. Ramenés à des considérations musicales, je serais un solo de guitare improvisé et Björn, un métronome parfaitement réglé. Imperturbable, impassible, il avait repris l'avantage. En pilonnant mon point faible : le coup droit. C'est une façon de respecter son adversaire. Il avait aussi bien étudié mon jeu que moi le sien. J'étais dos au mur. Jimmy adorait ces situations. Il me l'avait dit un jour après une énième victoire contre moi.

« Vitas, le tennis, c'est la guerre, même face à ton meilleur ami ! Si tu ne le tues pas, c'est lui qui te tuera.

— Je ne vois pas les choses comme ça…

— C'est pour ça que je te tue à chaque match… Un conseil, Vitas : avant de rentrer sur le court, ta gentillesse, tes sentiments, tes valeurs, tu les enfermes dans le casier des vestiaires…

— Je les prends avec moi, dans mon sac : je n'ai pas envie qu'on me vole ce que j'ai de plus précieux…

— Alors, désolé de te le dire, mais tu ne seras jamais numéro un. Pour que le dieu du Tennis devienne ton père adoptif, il faut savoir être un fils de pute…

— Que veux-tu, je suis trop gentil, je ne me referai pas…

— Il n'est pas question de gentillesse sur un court, mais de violence. Et c'est d'abord à toi que tu dois la faire…

— Je préfère me faire non-violence. *Peace and love…* »

Et j'avais fredonné le morceau des Stones : *You Can't Always Get What You Want* (« Tu ne peux pas toujours obtenir ce que tu veux »). Je relativisais la défaite. La « cool attitude » m'allait bien. Mais ce Wimbledon, je le voulais. J'en avais marre d'être le vilain petit canard. Jimbo, Nasty, Björn, ils avaient tous déjà décroché un tournoi majeur ; moi, jamais, c'était mon tour.

Au changement de côté, la métamorphose a opéré. Le Moi a vrillé. J'ai ressenti un torrent d'énergie qui m'a lessivé l'esprit. Le hippie lituanien, tolérant à la défaite, s'est transformé en *street fighting man.* De l'autre côté du filet, je ne voyais plus le Suédois filiforme en polo moulant Fila. Je jouais contre le Vitas désinvolte, le loser magnifique, l'épicurien qui ne gagne rien. J'allais montrer à ce play-boy d'opérette, qui m'empêchait d'être pris au sérieux, que j'avais de l'orgueil, que je pouvais lui faire mordre la poussière. De colère, avant d'attaquer ce quatrième set, j'ai déchiré la gaze que je posais sur le grip de ma raquette. Pour la première fois de ma vie, j'avais la rage. Dès le premier point, j'ai mordu dans la balle, agressé Björn sans relâche. Je ne pensais pas en être capable. Lui non plus. Je l'avais pris par surprise sur le terrain mental. 6-3. Deux sets partout. Tout à refaire. L'espoir changeait de camp. Il s'est invité chez moi, hors de question de le laisser repartir, comme après la deuxième manche. Je me suis mis en tête que l'on continuait ce quatrième set, que je n'avais pas encore gagné. Je continuais à écraser Björn comme un bulldozer. Service. Volée. Retour. Volée. Je ne lui laissais pas une seconde pour respirer. Son corps ne parlait plus la même langue. Une infime nuance de ton qui s'exprimait par des petits gestes inhabituels. Je le voyais gratter cette barbe qu'il laissait pousser pendant Wimbledon tant qu'il n'était pas éliminé. À deux jeux partout, j'ai pris son service sans qu'il marque le moindre point. Sa nervosité a éclaté au grand jour. D'un coup de raquette, il a envoyé balader la balle qu'il avait dans la poche de son short. Perte de contrôle. Le sang-froid qui coulait dans ses veines montait en température. Il fallait le faire bouillir jusqu'à ce qu'il explose en confirmant le break.

On est retournés s'asseoir sur nos chaises. Le regard plongé dans le vide, Björn a bu de l'eau dans son gobelet. Il a essuyé minutieusement son grip. Il s'est levé. Il a rempli son verre en prévision du prochain changement de côté. Sa routine habituelle. Il me montrait qu'il avait besoin de se rassurer, et j'étais rassuré qu'il me le montre. J'étais dans le vrai. Mon plan de jeu fonctionnait. J'avais trouvé la technique pour forcer le coffre-fort. La serrure était en train de sauter. Sur gazon, prendre le service de son adversaire revient souvent à gagner le set. Dans la dernière ligne droite, c'est l'annonce d'une victoire probable. J'avais le destin du match entre les mains.

Björn est rapidement retourné sur le court. Je prenais tout mon temps. Je laissais infuser le doute. J'ai attendu jusqu'à la limite du temps imparti. Quand je me suis levé de ma chaise, j'ai pris le parti de ne regarder que mes chaussures. Rester dans ma bulle. Éviter toute vision ou pensée parasite. Je voulais absolument éviter de me figurer la victoire. La tentation est agréable. Se voir en train de soulever la coupe, le sourire aussi Ultra Brite que ma chemisette. Réfléchir au discours, aux remerciements, aux meilleurs mots pour consoler mon adversaire et, surtout, à la meilleure boîte où j'irais fêter mon succès. Le côté aphrodisiaque de la future victoire, je le connais : il est sournois. C'est un leurre. Pour éviter que mon esprit le touche, s'y colle comme une mouche idiote, je me suis occupé le cerveau : j'ai compté le nombre de pas qui me séparaient de la ligne de service. Dix-huit.

Tout ce qui s'est passé à partir du dix-neuvième pas est un tatouage indélébile. Le ramasseur m'envoie la balle. Je fais tourner machinalement ma raquette dans ma main. Sans la faire rebondir, je lance la balle en l'air. Je sers fort. Björn retourne. Je cours. J'enchaîne avec une montée profonde sur son revers. Il me lobe : *out.* 15-0. Mon premier service est trop long. Le deuxième passe. Je monte au filet, coupe son premier passing d'une volée de revers, il tente à nouveau, je suis présent. Au troisième coup, long de ligne, il me troue. 15 partout. Nouveau service qui passe. Je me rue vers l'avant. Il renvoie. Ma volée claque. Il tente de me passer, croisé. Je laisse. *Out* – de quelques centimètres : sueurs froides. 30-15. Je jette un œil sur Björn. Il remet ses cordes en place. Il souffle dans la paume de sa main. Je le tiens dans la mienne. Ma première balle le déporte à l'extérieur. Le court est ouvert. J'ai toute la place pour déposer la balle. Je la place tranquillement. Björn sprinte et la glisse le long de ligne. 30 partout. Premiers regrets. J'ai pris ce point trop à la légère. J'aurais appuyé mon coup, c'était une balle de jeu. Je chasse cette pensée parasite. Mon premier service sort. Le deuxième n'a rien de fantastique mais Björn le renvoie directement dans le filet. 40-30. Balle de 4-2. Si je confirme le break, j'ai une main sur l'anse de la coupe. Petite montée de stress. Je prends mon temps. J'inspire longuement. Le bras tremble légèrement, le cœur palpite davantage. Première balle, dans le bas du filet. La deuxième est bonne. Mais là, pour une raison inexplicable, court-circuit : mon cerveau annule l'ordre que je lui donne. Depuis deux heures et demie, je sers et je me précipite à la volée. Or, à ce moment précis, mes jambes décident de ne pas y aller et choisissent l'impossible face à Borg : un duel de fond de court.

Après deux coups droits mollassons, je me ressaisis et monte au filet. Mais ma frappe est cotonneuse et la sienne me torpille. Je ne peux que toucher la balle du bout de la raquette. 40 partout. Mon esprit tourne à plein régime. Ne pas s'en vouloir, ne pas ruminer. Ne pas essayer de comprendre ce qui s'est passé. Plus tard, Vitas, plus tard. Rester positif. Enchaîner vite, penser au point suivant. J'ai l'avantage de servir. Il passe. Cette fois, pas d'entourloupe, je reprends la recette gagnante. Une première volée haute de revers croisée. Il la remet comme il peut. Le court est à nouveau grand ouvert. Je ne peux pas appuyer mon coup, la balle est trop basse. À nouveau, je le vois revenir à toutes enjambées. Je n'ai pas anticipé. Je me remets en route, crucifié d'un coup droit. Je plonge comme un désespéré. Ma raquette vole, la balle dans mon short aussi. Avantage Borg.

Mon esprit revient sans cesse sur cette volée à 30-15, et au refus de monter à 40-30. Les pensées s'enchaînent. Ce jeu était gagné. Maintenant je sers pour ne pas perdre. Je réfléchis trop, ça part mal. Ma première balle est trop longue. La deuxième est dans le carré. Son revers trouve ma volée de coup droit. Je ne le mets pas hors de portée. Il tire un passing. Touché. Ma volée part dans les airs. Coulé. Björn remporte le jeu. 3 partout. Le tennis est une histoire d'instinct. Le mien venait de me dire que ma chance est passée. Il prend l'avantage 4-3. Un supplice. Je craque. Un fruit mûr prêt à chuter de l'arbre. Le panier est entre ses mains.

J'enfouis ma tête sous ma serviette. Oublier ce public qui sent l'odeur du sang, fermer les yeux, respirer, se calmer, rester lucide. Je sers, je peux recoller au score. Ils disent tous que j'ai un mental en mousse ? C'est ce qu'on va voir. Je ne lâcherai pas. D'un pas décidé, sans les compter cette fois, je retourne sur la ligne de service. Je toise la foule. Elle veut entendre le chant du cygne ? Elle va entendre le rugissement du lion. Jeu blanc, bouclé par un ace. J'égalise.

Björn engage. Il mène rapidement 40-0. Le diable a pris des allures d'ange blond. Il veut montrer qu'il n'a rien senti. Je me rebiffe pour le principe. Retour volée autoritaire. Je marque un point. Björn sert et prend l'avantage. 5-4. Je retourne à ma chaise, conscient que je n'ai plus le droit à l'erreur. Mon coin est à l'opposé. Je suis obligé de croiser Björn. Il avance droit vers moi, en replaçant les cordes sur son tamis. Le menton arrogant. Je détourne le regard pour éviter ses yeux perçants. Mauvais réflexe. Je viens de lui envoyer le signal qu'il peut m'achever. Le seul moyen de rattraper mon erreur est de l'agresser, comme lors du premier jeu. Il y en a eu 46 autres entre-temps. Je me sens émoussé quand lui transpire à peine. Tous les gars du circuit disent que c'est un robot. Je vais finir par le croire. Même une machine n'est pas infaillible. Il y aura bien un court-circuit dans son jeu, dans ses jambes, dans sa tête. Je dois rester en vie. Quatre services-volées plus tard, avec l'énergie du désespoir, je reviens à 5-5. La pression tombe sur ses épaules, soudain frêles, et l'impensable se produit. Mon intuition était la bonne : la machine disjoncte. Un lob trop long. 0-15. Une volée qui sort d'un mètre. 0-30. J'exulte intérieurement.

« Bienvenue au pays des humains, Björn ! »

Mais son passage à vide est de courte durée. Il recolle à 30 partout. Balle de 6-5 pour lui. Je hurle dans mon for intérieur :

« Tu restes ici, parmi les imparfaits ! »

Je claque un smash. Égalité. Avantage pour lui.

« Tu ne bouges pas de là ! »

Je le lobe, il recule pendant que je monte au filet : volée. Nouvelle égalité. Björn n'a pas concédé une seule balle de break. Il reprend l'avantage. Trois heures de jeu : je suis toujours là. Je montre au monde entier qu'il y a un moteur costaud sous le capot du bolide qui fonce faire la fête au bout de la nuit. Chaque heure que je passe sur la piste de danse, je me l'inflige à l'entraînement le lendemain. Peu importe ma dette de sommeil : je paye, avec les agios.

Sous les applaudissements, je repars au combat. À mon tour de servir. Si je n'étais pas en train de jouer ce match, j'aurais adoré le regarder. Je me sens requinqué par le plaisir : celui que je prends sur le court et celui que l'on offre au public. Malgré la souffrance, la tension, la nervosité. À partir de maintenant, quoi qu'il se passe, le perdant sortira avec les honneurs. Je rectifie aussitôt cette pensée de loser : le gagnant, aussi, sortira avec les honneurs, mais lui en plus avec la chance de jouer pour le titre.

Je sers le plomb, je volleye dans un fauteuil, j'égalise 6-6. Pas de tie-break au cinquième set : la défaite est en mort subite. Le premier qui perd son service a la tête sur le billot. Il me colle un jeu blanc. 7-6. Rien ne l'atteint. Le stress, la tension, tout semble couler sur lui. Ce n'est pas un iceberg, c'est du diamant. Incassable. Le visage à peine creusé, serein. Au changement de côté, depuis ma chaise, je le regarde. Comment fait-il ?

Le ramasseur me lance une balle. Je sens monter la fébrilité avant d'engager. Mon bras tremble. On parle souvent de la peur de gagner. Celle de perdre est bien pire. Surtout quand on a eu la possibilité de l'emporter. « Dire que j'aurais pu mener 4-2. » À l'heure qu'il est, je serais en train de boire un magnum au goulot plutôt que de faire tourner ces deux balles en feutrine dans ma main. Mon nom serait déjà gravé sur cette coupe en vermeil surmontée d'un ananas à côté de ceux de Stan Smith, Rod Laver, Fred Perry. Je ferais partie de la légende de Wimbledon avec les tenues blanches pour les joueurs et les fraises à la crème pour les spectateurs. Mon cerveau rejoue cet épisode du match en boucle. Et je ne trouve pas la télécommande pour le mettre sur pause. Je temporise. Je reprends mes esprits. Je quitte les regrets. Je rapatrie ma tête tant bien que mal. Je reviens sur le court.

Mon premier service passe. Je ne me pose pas de question : je monte. Volée, Björn me lobe. Je n'arrive pas à appuyer mon smash. Il m'a renvoyé en fond de court pour un rallye. Il allonge ses coups. Impossible de repartir de l'avant. Cette fois, c'est lui qui m'agresse. Je tente de le passer, il volleye, mais dans le filet. 15-0. Je me retourne : ne rien montrer. Je souffle fort. Soulagement. Je sers à nouveau et j'enchaîne. Il retourne à mi-hauteur, au milieu du court. Une offrande pour ma volée. Mais la balle accroche la bande et termine dans le filet. J'ai joué ce coup des centaines de milliers de fois et je l'ai réussi des centaines de milliers de fois… Pourquoi c'est au moment où je ne dois pas le rater que ça arrive ? Je me sens crevette. Chez moi aussi, c'est la tête qui est à jeter.

Bon. 15-15. Oublier, ne pas se laisser gamberger. J'enchaîne. Encore une première. Mon service ne me trahit pas. La balle de Björn est haute et molle. Un nouveau cadeau. Au moment de déposer ma volée de revers, le point précédent me traverse l'esprit. J'ouvre légèrement ma prise de raquette pour me laisser une marge sur le haut du filet. La balle m'échappe et atterrit dans le couloir. Je suis sonné. K.-O. debout. Et c'est moi qui me suis envoyé le crochet. 15-30. La première balle sort largement. Après ma volée qui m'a lâché, coup sur coup, c'est mon service qui m'abandonne. J'assure la deuxième, pas le choix. Mon bras flageole, j'ai servi une balle en coton. Elle manque de vitesse, mais je monte quand même au filet. J'arrive en retard et Björn m'oblige à jouer une demi-volée dans les pieds. Elle passe mais je suis mal embarqué dans ce point. Il enchaîne avec un passing-shot de revers, le long de la ligne. Dans un réflexe désespéré, je remets la balle. Je suis à l'agonie mais ma volée est plus longue qu'il ne l'avait imaginée. Il perd l'avantage, contraint de jouer le coup suivant en reculant. Jamais bon au tennis. En fin de cinquième set, la plupart des joueurs auraient perdu les pédales. Mais c'est Björn. Il m'adresse un lob lifté. La balle s'élève, je ne la quitte pas des yeux, elle est superbe, parfaite, dessinant une courbe absolument pure. Ce n'est pas un coup de raquette, c'est un coup de pinceau. Si je n'étais pas obligé de la smasher, je l'épargnerais comme un chasseur subjugué par le vol majestueux d'une oie sauvage.

J'arme mon geste, mes jambes me tirent vers l'arrière, tandis que le haut du corps se dresse dans une extension désespérée, envoyant mon bras à la rencontre de la balle. Ma raquette fouette l'air quelques millimètres en dessous. Je tombe à la renverse en la voyant se poser juste avant la ligne de fond de cour. Un coup de génie. Balle de match pour Borg. Malgré moi, je ressens de l'admiration : si je m'écoutais, je poserais ma raquette et je me joindrais aux applaudissements du public.

Je récupère une balle, la dernière.

Je prends le temps de l'observer au fond du court. Je sais qu'après tout ira très vite : il lèvera les bras, les yeux au ciel dans la clameur soudaine. Vaincu, je serai déjà au filet. La raquette en berne, je l'attendrai. Il viendra vers moi en trottinant pour abréger mes souffrances. Je lui serrerai la main :

« Bien joué. »

On longera le filet chacun de son côté pour aller saluer l'arbitre. Il lèvera le poing et les photographes se précipiteront vers lui, me laissant à la solitude du perdant. J'aurai droit à un cliché. J'enfilerai ma veste de survêtement bleu sur le cadavre de mes ambitions alors qu'un vautour de cameraman me tournera autour. Björn fera de même avec son haut rouge et blanc, prenant le temps de le fermer tout en saluant la foule. Il ramassera méthodiquement ses raquettes avant de prendre le chemin des vestiaires. Quand il passera devant moi, je lui emboîterai le pas. La tête haute pour lui, basse pour moi. Enfin, nous sortirons du court. Il aura le petit sourire de celui qui reviendra pour la finale. J'aurai envie de pleurer, de hurler mais je resterai muet, prostré, avec l'envie de me tirer une balle, en acier durci celle-ci.

Il se balance de droite à gauche en faisant tourner sa raquette dans sa main. Il transpire. Mais seulement la confiance. Paré d'un sentiment d'assurance, ne dégageant aucune arrogance. Il respecte trop le tennis pour se laisser aller aussi près du but. J'ai besoin d'une première balle. J'envoie toute la force qu'il me reste. Je me précipite au filet, dans cette mer de gazon prête à m'engloutir. Mon service touche le filet et retombe dans le carré. Let. Je retourne au fond du court. Lentement. Ce n'est pas tant la fatigue que l'envie, paradoxale, de profiter du dernier moment. Ce match est grand, ce match est beau, ce match est intense, je vais le perdre mais j'ai conscience d'avoir la chance unique de le jouer.

Nouvelle première balle. Cette fois, elle est dehors. Le sort de la rencontre va se jouer sur mon talon d'Achille : ce maudit deuxième service. Des années que je le travaille ; j'y ai passé des heures, je l'ai décortiqué pour le corriger, j'ai frappé des milliers de balles pour transformer cette faiblesse en force. Parfois j'ai eu l'impression d'avoir trouvé la clé. Illusion. Dès que la pression venait chatouiller mon bras, je retournais à la case départ. Impossible de contourner le problème : tant que je jouerai au tennis, j'aurai des deuxièmes services à jouer, mais celui-ci est le plus important de ma carrière.

Il m'attend. Je baisse la tête pour jeter un œil à la croix que je porte autour du cou. Si Dieu existe, c'est maintenant qu'Il doit prendre le contrôle de ma raquette et diriger la balle hors de portée de Björn. Mais si Dieu existe, Il n'a aucune raison de me donner ce coup de main, vu l'existence que je mène. Je lance la balle comme une pièce d'un dollar. Pile, je sauve une balle de match ; face, j'abdique. Les cordes claquent contre la sphère blanche. Elle atterrit dans le carré de service. Je la suis des yeux, puis des jambes. Un dernier assaut à la desperado. Une attaque kamikaze. Ce service n'est pas assez rapide, pas assez puissant. Le Suédois retourne sur moi, je suis encore en retard, je me baisse pour volleyer. La balle touche ma raquette et part sur la droite du court. Je n'ai plus de prise sur elle. Elle m'a encore échappé. Je la vois passer au-dessus du filet et retomber du mauvais côté de la ligne. Dans le couloir. Le couloir de la mort qui me condamne à la défaite après trois heures et cinq minutes de match. C'est terminé. Dieu n'existe pas pour moi. Il me reste le diable. C'est mieux que rien.

Un vase éclate sur le parquet. La porcelaine brisée interrompt ma rêverie. Je revivais le Wimbledon 1977 dans un délire hypnotique. Après le récit de la balle de match, le dépit, la rage, la frustration, j'ai balancé ma raquette dans le studio d'Andy Warhol. Elle a frappé de plein fouet une faïence changée à l'instant en puzzle.

« Merci de m'avoir débarrassé de cette horreur. Elle était là quand j'ai acheté la maison. Je n'ai jamais réussi à la jeter. Mon côté sentimental. Je n'arrive pas à me séparer des objets ni des gens, même de ceux qui m'encombrent ! »

Je ramassais les morceaux éparpillés au sol, quand j'entendis le bruit caractéristique d'une bouteille de champagne que l'on débouche. Andy me tendit une flûte en cristal Baccarat pour trinquer.

« Je croyais que tu ne buvais pas, Andy ?

— Il ne faut pas croire tout ce que je dis, cher ami ! »

Il s'assit sur un rocking-chair acajou, aussi instable que son propriétaire, et prit un air dubitatif.

« Quelque chose m'échappe. Comment une défaite peut être le meilleur moment de ta vie? Sauf à avoir un goût prononcé pour le masochisme…

— Le match était terminé, mais l'histoire commençait, Andy. Tout ce qu'on réussit dans la vie a des conséquences. Mais l'inverse est vrai : tout ce qu'on ne réussit pas produit également des effets… Si j'avais battu Björn, je l'aurais peut-être regretté – et d'ailleurs rien ne dit que j'aurais gagné la finale. Surtout, je n'aurais pas eu cette révélation qui éclaire mon chemin depuis ce 30 juin 1977… »

Je me suis posé sur un gros pouf en velours et je suis revenu à Wimbledon, en 1977, après le match. Douché, habillé, rasé, coiffé, parfumé, je me suis engouffré dans un taxi. Après un crochet par l'hôtel pour déposer mes affaires, j'ai rejoint quelques amis qui m'attendaient pour dîner dans le centre de Londres. C'était le programme que j'avais prévu, pas question de le modifier. C'était la première brique du mur que je devais élever pour surmonter ma déception. Les vitrines illuminées d'Oxford Street défilaient, j'imaginais la déception de Tétis, de ma mère, de Ruta. Je n'ai pas eu le courage de les appeler, ni de déchirer leurs billets d'avion, comme si je n'avais pas encore joué contre Björn, comme si je n'étais pas éliminé.

Peut-être étais-je non dans cette voiture mais dans mon lit, en train de rêver, peut-être que le match n'avait pas eu lieu, qu'il était le fruit de mon imagination, que je devrais le jouer dans quelques heures. Un soir, aux Bains Douches, à Paris, Noah m'avait raconté qu'il lui était arrivé, en 1983, de rêver sa finale de Roland-Garros, où il a battu son Borg à lui, Wilander. Son Grand Chelem. La nuit précédant la rencontre, alors qu'il jouait en double avec Morphée, il avait *vécu* ce match dans les moindres détails. Son père dans les tribunes, les poings serrés pour l'encourager ; son coach, Patrice Hagelauer, lui donnant des consignes pour dérégler le métronome suédois ; la ola du public quand il a décollé dans le ciel de Paris pour claquer un smash en extension. Son short ocre, à force de plonger sur la terre battue ; ses dreadlocks fouettant son front après chaque service claqué ; sa poignée de main à Wilander, à la fin de l'affrontement, avant de saluer avec sa raquette à trois branches le public du central qui le soutenait, jusqu'au bout malgré la défaite – puisque, dans son sommeil, il perdait la finale. Alors, en se réveillant, trempé de sueur, il était autant soulagé d'avoir rêvé que survolté d'avoir une seconde chance : celle-là, il ne la laisserait pas filer.

Mais le flash infos, à la radio du taxi, me rappela que le match avait bel et bien eu lieu. J'ai lâché un billet de 20 livres au chauffeur et je suis rentré au White Elephant, un restaurant italien comme son nom ne l'indiquait pas. On y croisait les *happy few* de l'Ouest londonien, dont une bonne partie était déjà installée à ma table. Ils m'avaient laissé la place du roi – un roi sans couronne. Avant de les rejoindre, je me suis arrêté aux toilettes. J'ai répété devant le miroir le sourire de circonstance que je présenterais dans un instant.

« Putain de deuxième service ! J'aurais pu gagner ! Tu imagines, moi, gagner Wimbledon ! »

Après quelques tentatives crispées devant la glace, le ridicule de la situation m'a fait rire. J'ai transporté cette tête à la table, simulant une arrivée théâtrale. Paraître ou ne pas paraître, Shakespeare ne s'est pas posé la question. Je me suis installé et j'ai commandé quelques-unes des bouteilles de vin les plus chères. Le restaurant était suffisamment bruyant pour qu'on ne s'entendît pas. Au pays du « *Never explain, never complain* », je me suis fondu dans le paysage. Je les regardais s'esclaffer, s'amuser, s'embrasser, comme si une paroi en verre nous séparait. Qui était dans l'aquarium ? Eux ou moi ? Quand ils me parlaient, je ne les entendais pas, comme si leurs cordes vocales étaient en sourdine. J'acquiesçais machinalement. Cela leur convenait. La plupart de ces gens fonctionnent en circuit fermé : ils se parlent et s'écoutent en même temps. Devant mes spaghetti *alle vongole*, j'essayais de positiver. Je pensais à la suite : j'essaierais de me refaire à l'US Open. Sinon, ce serait en Australie ou à Roland-Garros. Après tout, je n'avais que 22 ans.

C'est là que j'ai eu une révélation, en enroulant mes pâtes autour de ma fourchette : mon avenir serait de m'enrouler, moi aussi, à la fatalité. Oui, Wimbledon reviendrait, mais Björn aussi, et Jimmy, et d'autres, qui arrivaient, comme John. L'an prochain et les années suivantes, je les croiserais tous sur mon chemin. Je subirais toujours ce que je venais de subir. J'étais pris dans une spirale.

Or cette perspective, qui aurait dû me détruire, me sauva. Elle me libéra d'un poids. Je n'aurais plus à courir derrière la victoire. Si elle se présentait devant moi, j'essaierais de m'en saisir ; mais si elle m'échappait, je saurais me contenter de la défaite. Je jouerais dorénavant pour ma famille, mes amis, pour qu'ils soient heureux; pour mes adversaires aussi, pour qu'ils éprouvent du plaisir à jouer avec ou contre moi; pour le public enfin, pour que ceux qui ont moins que moi aient davantage.

Je me suis levé d'un seul coup, j'ai payé l'addition et je suis parti, le sourire aux lèvres. Cette fois, il était sincère.

Andy me regardait comme une bête curieuse. Il ne comprenait pas comment on pouvait se résigner aussi jeune à la défaite.

« Gagner un tournoi du Grand Chelem, c'est le Graal pour un joueur de tennis. Tu pouvais encore l'atteindre à ton âge!

— Je l'ai atteint...

— Attends, là, je suis perdu. Ne bouge pas, il va me falloir une autre bouteille... Un grand cru champenois... »

Il s'est levé brusquement. Le rocking-chair, surpris, s'est mis à grincer en se balançant. Je me suis installé à sa place, pensant au lendemain de Wimbledon 1977. Andy ne pourrait pas comprendre. Inutile de lui raconter. Je ne suis même pas sûr de me l'expliquer. Je devais prendre l'avion à Heathrow et rentrer à New York. Là, j'aurais filé au Studio 54. La suite au prochain tournoi. Mais, soudain, j'ai changé d'avis.

J'ai demandé au chauffeur de me conduire à Wimbledon. Au All England Club, Martina Navrátilová se mettait en condition avant la finale du double dames.

« Tu viens t'entraîner? C'est un peu tard, fallait le faire avant!

— Avec toi? Je sais que tu préfères les femmes!

— Je comprends maintenant pourquoi tu ne m'invites jamais dans tes soirées : tu as peur de la concurrence!

— Je cherche Björn, tu ne l'as pas vu ?

— Si, il vient d'arriver avec Lennart. Il doit se préparer. Il a une finale à jouer, lui ! Je te taquine mais, franchement, hier, vous deux, c'était sublime. Quand j'ai vu que ça allait en cinq sets, je me suis précipitée pour voir la fin. C'était magique. Du grand art, comme un ballet : le Bolchoï sur de l'herbe !

— Sans tutu !

— Björn s'entraîne toujours sur le même court, tu ne le savais pas ?

— Non…

— Vitas, tu as perdu parce que tu n'as pas bien étudié ton adversaire !

— Tu penses vraiment qu'en sachant qu'il joue avec le même slip depuis ses débuts j'aurais mis ma dernière volée dans le court ?

— Il est né le 6-06-56… Donc il s'entraîne toujours sur le court 6. Chez les Borg, on est superstitieux. Tu connais l'histoire du chewing-gum ? Elle est incroyable. Il jouait contre Roscoe Tanner, je ne sais plus dans quel tournoi. Sa mère était dans les tribunes. Elle mâchonnait nerveusement un chewing-gum. Comme toujours…

— Pourquoi ?

— Elle le mettait dans sa bouche au premier jeu du premier set et ne le recrachait pas tant que le match n'était pas fini.

— Hier, au bout de trois heures, il ne devait plus avoir aucun goût…

— Contre Roscoe aussi, le match s'éternisait. Au dernier set, 5-4 pour Björn. 40-0. Elle se dit que le match est gagné et elle jette le chewing-gum. Sauf que, après ça, son fils perd trois points coup sur coup. Tout le monde a vu la mère se décomposer. Et se mettre à quatre pattes pour ramasser son chewing-gum et le remettre dans sa bouche… Et Björn a repris les deux points et gagné le match ! »

J'ai pris l'allée en direction du court 6. J'aurais pu retrouver mon bourreau suédois au son sec de ses cordes en boyaux surtendues. Le tennis, ça *s'écoute.* La partition de Björn me revenait aux oreilles. Une symphonie sans fausse note d'une justesse métronomique absolue. À l'exact opposé des improvisations géniales d'un McEnroe. Même si le gamin du Queens avait punaisé le poster de Björn Borg dans sa chambre d'enfant, à côté de celui de Farrah Fawcett, la blonde de *Charlie's Angels* (*Drôles de dames*), même s'il l'a singé jusque dans ses tenues, le polo et le bandeau dans sa touffe rouquine, son jeu tenait plus du free-jazz. D'ailleurs, s'il avait le look de Borg, il avait le caractère de Connors. Il pouvait exploser à tout moment. Ce fut d'ailleurs le cas, la veille, durant l'autre demi-finale face à Jimmy, juste avant mon match contre Björn. Bilan, une raquette cassée et une défaite sévère. Wimbledon était l'occasion rêvée pour Jimbo de couper l'herbe sous le pied à ce morveux. Du haut de son insolence, et de ses 18 ans, il voulait bousculer la hiérarchie. Américaine d'abord, mondiale ensuite. Connors a remporté la première bataille mais il a senti qu'il aurait du mal à gagner la guerre. John l'a à peine salué à la fin du match et superbement ignoré dans les vestiaires. Jimmy est retourné se préparer pour la finale, face à Borg.

Je pénétrais sur le court 6. Björn s'est retourné. Il ne s'attendait pas à me revoir si vite. Il a posé sa raquette et m'a salué, comme si l'on ne s'était pas quittés.

« Je suis venu te proposer mon aide.

— Je t'écoute...

— Je peux t'entraîner pour la finale de demain... »

Son visage impassible venait de marquer de l'étonnement, léger, à sa mesure : un mouvement de sourcils. Sur l'échelle de ses expressions, ça équivalait à la surprise surjouée des films muets. Son coach arriva au pas de course dans son dos.

« Björn ! Allez, on y retourne ! Tu vas te refroidir !

— Vitas est venu pour jouer avec moi. Qu'est-ce que tu en dis ?

— Je sais, Lennart, tu dois te demander s'il n'y a pas une entourloupe là-dessous...

— J'avoue que je trouve bizarre de te voir debout, prêt à jouer avant midi, un jour où tu n'as pas de match...

— Je cours vite mais ma réputation me précédera toujours ! »

Björn a souri, Lennart moins. J'ai failli lui suggérer un conseil à l'usage des constipés du visage : se débarbouiller avec un laxatif. Je me suis abstenu, je ne le sentais pas d'humeur badine.

« Björn, je dois te dire qu'hier j'ai adoré perdre contre toi. Bien sûr, j'aurais préféré gagner le match. Mais ce matin, en me levant, je n'avais pas le goût de la défaite. J'ai ressenti un immense plaisir...

— Si tu l'avais remporté, je n'aurais pas été déçu non plus : tu aurais mérité ta victoire.

— Donc, on pourrait prolonger le plaisir : quitte à avoir perdu contre toi, j'aimerais bien que ce soit toi qui gagnes le tournoi…

— C'est qu'on a un programme d'entraînement bien établi… »

Mais Björn a coupé Lennart :

« Avec plaisir, Vitas ! »

Sa réplique était sans appel, tranchante comme le couteau du vieux Benny dans le pastrami du Kat'z Delicatessen, sur East Houston Street.

Je n'oublierai jamais la tête de Lennart. L'inimaginable venait de se produire : le robot prenait le contrôle de sa télécommande. Le mâle dominant se retrouvait dominé. Pour la première fois, sa créature lui échappait. Les pères devraient savoir qu'une petite révolte est un précédent qui ne reste jamais sans lendemain.

« Comme tu voudras, Björn ! Fais ce que tu veux ! Après tout, c'est toi qui joues, pas moi. Mais si tu la perds cette finale, c'est toi qui l'auras perdue ! »

Björn a glissé ses doigts sous son bandeau pour remettre ses longs cheveux blonds. Il a caressé cette barbe fétiche, qui poussait depuis deux semaines. Il a regardé son entraîneur.

« Je vais la gagner, lui a-t-il dit, droit dans les yeux. Même sans toi. »

Puis :

« Tu préfères quel côté du court, Vitas ?

— Face au soleil. Pour mon bronzage. »

Björn a attrapé sa raquette et ouvert une boîte de balles neuves. Pendant deux heures, on a frappé comme deux gamins qu'on avait été, lorsqu'on rêvait de devenir pro au détour d'un coup gagnant, devinant aux coups ratés que la route était encore longue, sans se soucier des lendemains, car seul le plaisir comptait durant ces instants suspendus. Ce jour-là, hors pression, hors enjeu, hors contraintes, mon adversaire est devenu un ami. Pour toujours. Cette fraternité née dans l'adversité est devenue plus forte que tout.

J'avais sans doute capitulé parce que je savais que je ne serais jamais le meilleur, mais que je pouvais l'être par procuration ; et Björn avait compris que je représentais tout ce qu'il n'était pas, mais qu'il pouvait espérer, s'il me fréquentait assez, que sa vie ne se résume pas à un palmarès, que mon existence déteigne sur lui. C'est ce qu'il s'est passé. Ce fut un échange de bons procédés. Peut-être un peu trop. Et finalement j'ai obtenu ce que je voulais : j'ai fini par le battre. Une victoire à l'entraînement ne compte pas. Mais elle pèse lourd pour moi ! Je me fiche qu'elle ne soit inscrite nulle part, ni gravée sur aucun trophée : les plus beaux succès peuvent passer inaperçus.

« Toujours pas de champagne, Vitas ?

— Non, merci, j'ai un peu de route pour rentrer à Manhattan… »

Andy m'avait tendu la bouteille de Ruinart qu'il buvait comme une canette de Coke. Cette trivialité soudaine tranchait avec sa tenue de dandy impeccable en toutes circonstances. Sa panoplie : veste noire cintrée sur chemise à col blanc amidonné. Il y ajoutait une cravate dont la sobriété variait selon les humeurs. Une sorte de baromètre de son humeur.

Celle du jour était plutôt bonne : camaïeu géométrique bleu pétrole et lie-de-vin.

« Tu es sûr que tu ne veux pas rester dormir ? J'ai mon ami Jean-Michel Basquiat qui arrive ce soir. J'aurais aimé te le présenter. Entre atypiques, je suis sûr que vous allez bien vous entendre !

— Non, je suis attendu.

— Par qui ?

— Je ne sais pas encore : je ne suis pas météorologue, je ne fais pas de prévisions. Une chose est sûre : je passerai la soirée bien accompagné…

— Tiens, j'allais oublier. »

Andy sortit de sa poche un petit écrin signé Van Cleef & Arpels.

« Si c'est une demande, Andy, je crains de ne devoir refuser. Ce n'est pas contre toi, c'est juste que j'ai déjà épousé ma liberté. Et elle est très jalouse.

— De toute façon, tu es mon type d'ami mais pas mon type d'homme. Allez, ouvre ! »

À l'intérieur se trouvait une chaîne en or avec au bout un petit couteau.

« En remerciement pour le déplacement. Et puis comme ça, tu penseras souvent à moi. »

Il ne croyait pas si bien dire. Cette lame en pendentif, c'était plus original qu'une vulgaire Mastercard pour faire un rail de coke.

« Avant de partir, dis-moi la vérité : après ce match contre Borg, en 1977, à Wimbledon, tu as vraiment fait une croix sur les tournois du Grand Chelem ?

— C'est ce que j'ai déclaré, mot pour mot...

— Tu as pourtant dit que tu avais gagné un titre majeur. Je suis peut-être myope mais pas sourd !

— Je te le confirme. Six mois plus tard, un 31 décembre 1977, l'Open d'Australie, à Melbourne. Sur gazon, comme Wimbledon. Sans être le pire des réveillons, ça n'a pas non plus été le meilleur...

— Quoi ? Tu l'as réalisé ton rêve, c'est le principal.

— Un rêve sans saveur, c'est comme une nuit sans femme. Une fille qui s'offre à toi a moins de piquant que celle qui te fait batailler, tu comprends ? Je rêvais de caviar, j'ai eu des œufs de lump. Ce Grand Chelem, je ne l'ai pas gagné : ils me l'ont laissé. En 1977, l'Open d'Australie était programmé pendant les fêtes de fin d'année. Les autres n'étaient pas là ! Björn a refusé de s'avaler un jour d'avion, et John a été séquestré par ses parents : chez les Irlandais, Noël n'est pas négociable. Et Jimmy préférait aller engranger du cash sur le circuit parallèle de Lamar Hunt qui se jouait au même moment. Donc, à vaincre sans péril, on triomphe sans gloire...

— Tu connais *Le Cid* de Corneille ?

— Pas personnellement. C'est qui ?

— Un personnage de tragédie française du XVIIe siècle... Elle vient de là, ta citation.

— J'ai dû lire ça dans *Time* ou *Newsweek.* C'est l'avantage de passer des heures à attendre des avions. L'aérogare, c'est la bibliothèque du cancre.

— Pourquoi dis-tu avoir triomphé sans gloire ? C'est faux, le combat n'est jamais vain. Les géants sont reconnaissables entre mille. C'est le palmarès qui reste.

— Sans les quatre premiers mondiaux, j'étais la tête de série numéro un, le favori. J'ai rencontré mon ami, John Lloyd, en finale. J'étais censé gagner. Je l'ai fait, c'est tout.

— C'est le résultat qui compte. Dans un an, dix ans, cent ans, que restera-t-il ? »

Andy a posé la bouteille, attrapé un marqueur sur la table. Il s'est mis à écrire en gros sur le mur blanc :

« Open d'Australie 1977. Vainqueur : Vitas Gerulaitis (USA). »

J'ai éclaté de rire. Ce type était définitivement aussi fou que génial.

« Ne le signe pas, Andy. Ce n'est ni ta plus belle toile, ni ma plus belle victoire…

— Vitas, cette phrase, c'est ce que retiendra l'histoire ! Le reste, tout le monde l'aura oublié. Qui se souvient exactement comment les Nordistes ont gagné la guerre de Sécession ? Comment Babe Ruth a fait gagner les Yankees contre les Cubs en 1932 ? À part deux ou trois fanatiques d'histoire ou de base-ball, personne !

— Je ne sais pas si on se rappellera celui qui a gagné l'Open d'Australie en 1977, mais je sais que je me rappellerai celui pour qui cette victoire est une imposture. Ils ont le même nom. »

Et je l'écrivis sous l'inscription d'Andy Warhol :

« Vitas Gerulaitis. »

Jimmy est entré dans ma chambre, tout sourire. J'étais encore dans mon lit, engourdi, fatigué de n'avoir rien fait de mieux que la veille. Ma retraite sportive n'était plus une convalescence mais une pénitence.

« Vitas, j'ai deux nouvelles : une bonne et une bonne ! Je commence par laquelle ?

— Celle qui est un peu plus bonne que l'autre...

— Dans quinze jours, je te prends avec moi à Paris...

— J'espère bien ! Cinq mois que je te suis comme un petit chien. J'ai bien mérité Paris !

— Je te rappelle quand même que je paye un supplément bagages de 70 kilos à cause de tes conneries.

— Je pèse 72 kilos... Le golf n'est pas vraiment le sport qui taille un corps de sportif !

— Il va falloir que tu en perdes quelques-uns car voici l'autre bonne nouvelle : tu vas jouer Roland-Garros !

— Très drôle, Jimbo...

— Je suis sérieux. J'ai obtenu une invitation pour qu'on joue en double ! »

Je suis sorti de mon lit avec un oreiller en guise de cache-sexe. Même si Jimmy a la clé magnétique de mon appartement, au cas où il me reviendrait l'idée de déconner, je n'avais pas prévu que mon chaperon entrât à l'improviste dans ma chambre. Mon passé a prouvé que j'étais loin d'être aussi fiable que les berlines allemandes et les bolides transalpins dont j'ai été obligé de me séparer. Mes petits plaisirs coupables auront servi à éponger mes dettes.

« Tourne-toi, s'il te plaît, j'enfile un caleçon…

— J'en ai déjà vu des dizaines dans les vestiaires…

— Pas la mienne, de mémoire. Je ne voudrais pas te filer de complexes… »

Je n'ai rien trouvé de mieux qu'un drap pour m'enrouler dans une toge de fortune. Jimmy ne m'a pas loupé :

« *Ave* César ! Celui qui va jouer avec toi à Roland te salue !

— Sors-toi cette idée de la tête ! Même pour jouer un double, je suis à la ramasse. Si tu veux un Gerulaitis, à la rigueur, je fais venir mon père. Il doit avoir un meilleur niveau que moi en ce moment !

— Ce n'est pas négociable. Tu vas me faire le plaisir de ranger tes clubs et de ressortir tes raquettes !

— C'est stupide, Jimmy. Je ne sais même plus où elles sont depuis le temps !

— Je vais te trouver des raquettes. Snauwaert. Modèle Autograph. Avec ton nom et ta signature dessus…

— Arrête, on va être ridicules…

— On va leur montrer à tous ces jeunes merdeux qui nous prennent pour des dinosaures proches de l'extinction, à tous ces journalistes qui ont déjà rédigé ma nécrologie sportive, à tous ces connards qui ne voient plus en toi qu'une épave…

— Le vieillard et le junkie, tu parles d'une équipe de choc…

— Tu n'as pas envie d'un dernier coup d'éclat ? Partir en laissant l'image d'un champion qui carbure à l'orgueil plutôt qu'à la coke ?

— L'orgueil, je n'ai pas de contact pour m'en fournir…

— Je connais un dealer : tu l'as en face de toi ! Je ne t'ai jamais rien demandé, s'il te plaît, joue ce double avec moi…

— Tu fais chier, Jimmy.

— Merci, Vitas ! »

J'aime Paris. New-Yorkais pur jus de pomme, je trouve dans cette ville tout ce qui donne un sens à ma vie. J'ai passé plus de temps en essayage chez Christian Dior qu'à l'entraînement pour Roland-Garros. J'ai même demandé à Yves Saint Laurent qu'il me dessine des tenues. Je l'avais rencontré lors d'une soirée chez Castel, mon repaire nocturne pendant la quinzaine, porte d'Auteuil. Je n'étais pas le plus mal loti, j'étais griffé italien Sergio Tacchini. Mais j'aurais aimé avoir une allure, un style plus raffiné qu'en portant ces sempiternels shorts et chemisettes d'une tristesse absolue, d'un classicisme navrant. Yves Saint Laurent m'avait ri au nez, qu'il avait lui-même bien poudré.

« Déshabiller un tennisman, pourquoi pas ? J'en ai vu, ma foi, des fort envisageables. Mais l'habiller ? Mon Dieu ! Imaginer mes vêtements se gorgeant de sueur au fil des points pour finir en serpillière, quelle horreur ! »

À Paris, je trouvais les plus belles tenues, mais aussi les meilleurs restaurants. J'ai une aversion pour la *junk food*, contrairement à John, qui se gavait de pizzas et de barres chocolatées Snickers, ses préférées. Il n'avait pas volé son surnom, Big Mac. J'ai toujours raffolé des grandes tables parisiennes. La semaine précédant Roland-Garros, j'avais un rituel incontournable : je prenais le *Guide Michelin* et j'établissais ma tournée des restaurants étoilés. Mon planning gastronomique m'aidait à aller le plus loin possible dans le tournoi : dès que je passais un tour, je m'offrais une table réputée. J'acceptais plus facilement de me coltiner un Argentin pendant deux heures et demie, en plein soleil, quand je savais pouvoir déguster, après, un vol-au-vent aux écrevisses de chez Lasserre, ou un foie gras de canard au banyuls de chez Taillevent.

Et puis, à Paris, il y a les plus belles femmes du monde. J'aime les Italiennes et leurs formes généreuses, les Suédoises et leur fausse timidité, les Brésiliennes, les Espagnoles, les Américaines aussi. Sans elles, je n'aurais pas appris à séduire les autres. Mais j'adore les Françaises : elles savent dire non avec élégance, et oui avec classe.

À la sortie de chez Taillevent, rue Lammenais, dans le VIIIe arrondissement, j'ai rencontré une petite brune piquante. Elle portait un chemisier blanc entrouvert, juste ce qu'il faut, un bouton après la pudeur, un bouton avant la vulgarité. Sa jupe venait caresser le haut de ses genoux. Aux pieds, des ballerines. Elle était assez grande et distinguée pour ne pas avoir besoin d'en rajouter. Mon cerbère m'a attrapé par le bras.

« Vitas, pas ce soir. Demain on entre dans le tableau de double !

— Ce que tu peux être rabat-joie, Jimmy ! Je te rejoins à l'hôtel ! Promis, je serai rentré avant minuit…

— Il est minuit !

— Ah ! Alors je serai au lit dans une heure…

— Tu y seras dans dix minutes, et seul…

— Tu peux me faire confiance…

— C'est bien parce que je n'ai aucune confiance en toi que j'ai pris des chambres communicantes ! »

Mes deux petits yeux bleus à peine séparés par l'arête de mon nez s'étaient donné le mot pour passer en position « par pitié ». Quand Jimmy entrait dans l'esprit de compétition, il aurait pu rouler sur une vieille dame sans s'arrêter. En l'occurrence, la personne âgée, de 29 ans, c'était moi. Quelques kilos en trop, en sevrage de cocaïne, et quelques heures en moins sur les courts. Les coups ne s'oublient pas, encore faut-il avoir les jambes pour toucher la balle et l'endurance pour les répéter. Les kilomètres passés à taper des balles de golf n'étaient pas la meilleure préparation. Et la direction de Roland-Garros aurait peu apprécié que je me déplace sur le court central en voiturette.

« Pas la peine de prendre ton air de chien battu : on rentre !

— Un seul verre au bar de l'hôtel avec cette demoiselle. Tu bois avec nous ! Elle a peut-être une copine dans les parages… »

Je tentais une dernière manœuvre désespérée, mais Jimmy a tendu ses bras vers moi, une croix avec ses deux index.

« *Vade retro* Vitas !

— Jimmy, ce n'est qu'un match de double. Je ne sais même pas contre qui on joue !

— Järryd et Fitzgerald !

— On dirait une marque de tracteurs…

— Ils sont têtes de série numéro deux. Le Suédois a déjà gagné deux fois Roland en double et l'Australien une fois avec Tomás Smíd…

— Tant mieux pour eux. Ce verre, oui ou non ?

— Ne gaspille pas ton énergie à poser des questions dont tu connais la réponse…

— Tu sais très bien que je ne bois pas d'alcool. Un petit *drink* avant de dormir…

— Tu as le don pour attirer autour de toi ceux qui en boivent. Après, je sais ce qui se passe : ça dégénère et la bête qui sommeille en toi se réveille…

— Ces derniers mois, elle a hiberné. Elle a bien le droit à une petite récompense, non ? »

Jimmy a fait signe à un taxi qui arrivait dans notre direction. La voiture s'est arrêtée devant nous. Mon chaperon a ouvert la porte, m'indiquant la banquette arrière.

« Tu as encore gagné, Jimbo…

— C'est toi qui as gagné, Vitas. Tu as battu ton adversaire le plus coriace. Tu étais persuadé de pouvoir le vaincre sans problème, contrairement à Björn ou moi. Une formalité. Pourtant, il t'a dominé pendant des années. Je suis fier de toi.

— C'est grâce à toi, mon ami…

— Messieurs, vous ne me dérangez pas, mais le compteur tourne. Je vous conduis quelque part ?

— Hôtel Bristol, s'il vous plaît ! »

Le taxi a disparu dans la nuit avec mon envie de dernier verre. Je n'avais jamais pleuré devant quelqu'un. Jimbo m'a pris dans ses bras. Le fier-à-bras, l'égoïste, le sale type, le vantard avait opéré sa mue depuis des années. Les blessures à répétition, l'accumulation des défaites avaient ébranlé ses certitudes. La déchéance inéluctable qui guette tous les sportifs de haut niveau l'avait changé. La force qu'il avait perdue sur le court, il l'avait gagnée en dehors, avec la sympathie du public qui aime voir les surhommes mettre un genou à terre. Les échecs des autres sont un pansement sur notre propre médiocrité. Un mélange de compassion et de cruauté. Jimmy refusait de voir la réalité en face, persuadé qu'il n'était pas encore fini. Son moteur ne tourne plus pour nourrir son ego, il veut gagner pour prouver aux autres qu'ils se trompent. L'orgueil du champion le rendait touchant. Un peu d'humanité brillait à travers les failles de la cuirasse.

« Vitas, c'est grâce à nous. On l'a battue à deux cette saloperie que tu t'étais fourrée dans le nez depuis des années. On va faire pareil demain avec Järryd et Fitzgerald !

— J'espère ne pas te décevoir…

— C'est toi qui ne seras pas déçu… On va marquer le tournoi ! Deux pirates des courts qui détournent Roland-Garros ! Crois-moi, dans dix ans, on s'en souviendra ! On se rappellera notre match de double. On n'est pas des épaves ! Pas encore ! On va leur montrer ! Demain, on ferme des bouches ! »

J'ai vu son regard s'allumer. Ses yeux se sont plissés comme lorsqu'il sourit. Il a claqué sa main dans la mienne avec une force à laquelle je ne m'attendais pas. J'ai grimacé de douleur.

« Je crois que tu m'as foulé le poignet, Jimmy ! Je vais devoir déclarer forfait...

— Bien essayé, mais c'est ta main gauche, et tu es droitier... »

« Jimmy, on ne va quand même pas faire ça ?

— Bien sûr que si !

— Ça ressemble à une idée de Nasty. Ça vient de lui ? »

Jimbo s'est arrêté dans le couloir qui mène au central de Roland-Garros. Ses deux yeux plantés dans les miens comme des pics à olive, il a haussé le ton.

« C'est le monde à l'envers ! Il est passé où le Vitas exubérant, anticonformiste ? Tu étais plus marrant quand tu prenais de la coke ! Je vais finir par regretter ta désintox !

— D'accord, mais tu passes devant...

— On rentre ensemble. Côte à côte !

— Internationaux de France, premier tour du double messieurs, Anders Järryd, Suède, et John Fitzgerald, Australie ! »

La voix du speaker officiel a résonné. La bâche s'est soulevée d'un coup. Une lumière violente a inondé le corridor. Elle me rappelait la lampe torche policière. J'ai subi plus d'un contrôle routier nocturne. La Rolls-Royce jaune, vitres baissées sur la *freeway*, au-delà des limites autorisées, miles et décibels confondus : un pot de miel pour les abeilles de la NYPD. Malheureusement pour eux, s'ils détectaient un automobiliste alcoolisé, ils ne savaient pas encore dépister les cocaïnomanes au volant. Pas vu, pas pris, je suis toujours ressorti blanc comme neige. Jimmy m'a fait une accolade virile quand le speaker a repris le micro.

« Face à eux, de Belleville, Illinois, l'ancien numéro un mondial, vainqueur de huit titres en Grand Chelem, et son partenaire, de Brooklyn, New York, vainqueur de l'Open d'Australie en 1977, ancien numéro trois mondial : Jimmy Connors et Vitas Gerulaitis ! »

Une clameur a gagné le stade à la vitesse de la lumière. Plus vraiment la nôtre, les vétérans du circuit. La foule de Roland-Garros, à la fois médusée et amusée, nous a vus pénétrer sur le court à la vitesse de tortues au galop, appuyés sur des béquilles. On est allés s'écrouler sur nos deux chaises, épuisés par l'effort consenti sur quelques mètres. Du coin de l'œil, je voyais les spectateurs hilares. Jimmy a collé sa tête sur mon épaule, l'air exténué, et m'a glissé à l'oreille :

« Je ne t'avais pas dit qu'on marquerait le tournoi ? Notre entrée est superbe : elle va faire le tour du monde ! On a gagné sans avoir commencé à jouer !

— On fait quoi maintenant ? On déclare forfait ?

— On joue ce match !

— Mais on va le perdre, Jimmy !

— Évidemment qu'on va le perdre ! Ils sont beaucoup plus forts que nous, je suis peut-être borné mais je ne suis pas stupide !

— Pourquoi tu nous as inscrits alors ? Je vais te paraphraser : il est passé où le Jimbo orgueilleux qui détestait être battu ?

— Il a laissé sa place au Jimmy Connors qui veut s'offrir une sortie digne de lui : inattendue, déroutante et inoubliable.

— Merci, je ne sais pas quoi dire…

— Alors ne dis rien. Viens plutôt t'échauffer. C'est ta dernière, profites-en à fond ! »

J'ai collé mon front contre le sien. J'aurais fondu en larmes si je n'étais pas aussi pudique. Une heure et demie plus tard, nous étions éliminés sous les acclamations du public. Nous sommes allés dîner au restaurant de la tour Eiffel en tête à tête. Pendant que Jimmy rêvait d'un come-back en simple, qu'il fera quelques mois plus tard dans un US Open de légende, j'ai bu ce verre avec la petite brune piquante.

Cette fois, c'est moi qui l'ai aidé à se requinquer. Physiquement et moralement. Jimmy était miné par les blessures comme autant de signaux lui indiquant qu'il était temps de ranger sa raquette. J'ai connu la même sensation, ce sentiment ravageur, cette envie de baisser les bras en se réfugiant dans la facilité, quand la cocaïne a gagné, quand on se dit :

« Après tout, ce n'est pas si grave… »

Janet et Jimmy m'avaient aidé à me désaccoutumer. Alors, à mon tour, je ne l'ai pas lâché. Je me suis tapi dans son ombre, laissant la fête derrière moi. Je me souviens de Sylvester Stallone, croisé dans un vernissage d'une galerie de Soho, qui s'étonna de ne plus me voir dans les soirées.

« Broadway Vitas ! J'ai cru que tu étais mort !

— Je l'étais et j'en ai eu marre : j'ai décidé de revivre. Après tout, il n'est écrit nulle part dans la Bible que Jésus avait le monopole de la résurrection !

— Alléluia ! Qu'est-ce que tu deviens ?

— Pas grand-chose, à vrai dire. J'ai tout arrêté. Le tennis, la drogue…

— Les femmes ?

— Je suis galant, je leur laisserai le choix de m'arrêter. Tôt ou tard, ça arrivera. Le plus tard possible ! »

Je me suis signé avant de lever les yeux au ciel. Et de les baisser vers mon entrejambe.

« Dis-moi, Sylvester, ça tombe bien qu'on se croise, je suis en pleine opération *Eye of the Tiger*. J'aurais besoin des conseils de Rocky : je suis en train de remettre sur pied un vieux boxeur fatigué.

— Tu veux te mettre à la boxe ?

— Surtout pas ! Contrairement à toi, j'ai une belle gueule. Je n'ai pas envie qu'on vienne la défigurer à coups de poing !

— Salopard ! »

Il s'est mis en garde, j'ai esquissé un pas de recul : j'aime me battre, mais à distance, avec un filet entre mon adversaire et moi. Le corps-à-corps, très peu pour moi.

« Tu verrais ta tête, Vitas ! Je t'ai bien eu ! Alors, dis-moi ce que tu veux savoir. Je te dois bien ça : c'est toi qui m'as fait entrer la première fois au Gallery. À l'époque, je n'étais qu'un petit Italo-Américain de *merda* avec son chapeau cabossé et son vieux cuir usé. Je me souviens que ton ami à l'entrée avait trouvé mon look à contre-courant. Tu sais, les fringues de Rocky, c'étaient les miennes ! Je ne faisais pas exprès d'être extravagant : je mettais ce que j'avais de plus présentable !

— C'est vrai que tu ne ressemblais à rien. Tu as progressé.

— Je sais que tu plaisantes, c'est pour ça que je t'aime. On est pareils tous les deux. De vrais timides qui se donnent des airs de grandes gueules. De faux égoïstes qui sont de vrais généreux. J'ai vu ce que tu fais à New York avec les gamins. J'aimerais faire la même chose avec la boxe ! »

Sylvester parlait de mes Youth Clinics. Je n'ai pas relevé. Je n'aimais pas me faire mousser avec mes œuvres de charité. La célébrité rend la sincérité suspecte. Depuis quelques années, j'avais décidé de rendre au tennis ce qu'il m'avait donné. Le physique parfait, le charisme incroyable, le sens de l'humour dévastateur et la modestie à toute épreuve. Les deux premiers, mes parents les revendiquaient haut et fort depuis toujours. Les deux autres, je me les étais forgés au fil des années. Mais rien n'aurait été pareil si je n'avais pas eu la chance que Tétis me fasse connaître l'amour du tennis. Qu'il m'offre une raquette, son temps et sa motivation. Il m'a donné la chance de saisir la mienne. Je savais que beaucoup de gamins n'avaient pas ce privilège. Quand je roulais dans Manhattan au volant de mes bolides, je croisais ces mômes désœuvrés dans leur sweat plus grand que leurs rêves. Ils shootaient dans des canettes ou végétaient sur un banc jusqu'au crépuscule. Ils n'attendaient rien de la journée suivante qui serait aussi fade que les précédentes. Je ressentais la même culpabilité insupportable que l'unique survivant d'un crash aérien qui se demande pourquoi il a été épargné. J'ai décidé d'être la raquette qui propulserait toutes ces petites balles neuves.

J'allais dans les quartiers comme celui où j'ai grandi, ces coins miteux des recalés du rêve américain, où *In God We Trust* n'est qu'une formule en laquelle on ne croit plus, où Dieu est une habitude plus qu'une certitude, où l'on prie le dimanche dans les chapelles de Harlem, dans les églises du Bronx, pour se donner du courage avant d'affronter le reste de la semaine. La vie était un Golgotha où des gars ordinaires, avec sur la tête une casquette des Yankees ou des Knicks, remplaçaient le Christ et sa couronne d'épines ; les nouveaux dieux qu'ils adoraient, c'étaient les sportifs issus de leurs communautés, dont ils glorifiaient le destin doré, parce qu'ils étaient la preuve que les miracles existent – moins pour eux que pour leurs enfants.

J'ai apporté les premières raquettes neuves à Brooklyn, à quelques pâtés de maisons de l'hôpital où je suis né. Dans le coffre, à l'avant de ma Porsche 911, du matériel de tennis ; sur le siège passager, quelques seaux de balles ; à l'arrière, deux professeurs bénévoles de l'Académie de Port Washington. Nous avons accroché un filet de fortune aux grillages d'un vieux playground de basket, entre deux immeubles fatigués. Les gamins du quartier se sont approchés de ce court improvisé, attirés, sans oser aller plus loin, comme les écureuils de Central Park face à un reste de bretzel tiède abandonné sur un banc.

« Venez ! N'ayez pas peur ! »

Ils se regardaient, hésitant entre la curiosité et la crainte. À leur place aussi, je me serais demandé ce que venait faire ce chevelu en survêtement blanc sorti d'une voiture de série télé. La misère rend méfiant. Un geste désintéressé est impensable. La générosité est un piège tendu. L'un d'eux se risque à avancer un pied. Un petit Noir avec les dents du bonheur.

« Comment tu t'appelles ?

— Kenny, m'sieur ! Et vous, vous êtes qui ? »

Je lui ai tendu la main. Il l'a saisie avec une force inattendue pour un petit bonhomme taillé comme un cure-dent.

« Tu as de la poigne, Kenny ! Enchanté, moi, c'est Vitas. Alors, ça te dit d'apprendre à jouer au tennis ?

— Pourquoi pas... »

Les autres enfants ont suivi le mouvement, agglutinés contre le grillage du playground.

« Okay, Kenny, tu es gaucher ou droitier ?

— Je ne sais pas trop, m'sieur...

— Tu écris de quelle main à l'école ?

— Je ne vais pas à l'école, m'sieur. Mon oncle dit que ça ne sert à rien, que la vie s'apprend dans la rue, pas dans les livres...

— Et tes parents, ils sont d'accord ?

— Je ne sais pas, m'sieur. Si vous voulez leur demander, faut aller au cimetière à côté de Coney Island. Accident de voiture quand j'étais bébé. Depuis, je vis chez mon oncle Julius... »

On ne s'improvise pas éducateur de rues. Je pensais naïvement qu'avoir été à leur place, il y a plus de vingt ans, suffirait à créer un lien entre nous. Mais la gloire m'avait éloigné de mes origines. Je n'avais pas à m'excuser de m'être enrichi, embourgeoisé. N'importe qui aurait fait la même chose. Devenir riche sans profiter de l'argent est une insulte à ceux qui n'ont aucune possibilité de choisir. J'ai pris une balle et je me suis dressé devant lui.

« Kenny, je vais la faire rebondir. Tu l'attrapes, sans réfléchir.

— Vous pouvez y aller, m'sieur !

— Tu es gaucher, petit, comme John et Jimmy ! Bon point pour toi, c'est pénible à jouer les gauchers, crois-moi ! Tiens, prends cette raquette ! »

Il l'a prise avec précaution comme un vase en porcelaine. Il l'a observée en la faisant tourner dans sa main. Le cadre en bois, les cordes en boyau, le grip en cuir. Mon quotidien blasé s'est métamorphosé dans les mains de ce gamin en une découverte fascinante. Nombre de mes proches avaient trouvé l'idée saugrenue. « Tu crois vraiment que la priorité pour des gamins de Brooklyn, c'est de jouer au tennis ? » Ou encore : « Tu fais ça pour toi, pas pour eux, tu t'achètes une conscience à bas prix. » Leurs avertissements venaient de voler en éclats par la grâce de l'émerveillement de Kenny.

« Tu veux que je te montre comment on tape dans la balle avec la raquette ?

— Je veux bien, m'sieur…

— Appelle-moi Vitas…

— Okay, m'sieur Vitas… »

Je me suis mis derrière lui, j'ai pris son bras qui tenait la raquette pour le guider dans le geste. Une fois à blanc, une deuxième fois avec une balle. Le coup est parti mais s'est écrasé contre le filet. Le gamin était déçu. Je l'ai vu dans son regard.

« C'est ma faute, Kenny. Ce n'est pas grave. Au tennis, même les meilleurs font des erreurs. C'est un sport étrange : celui qui gagne n'est pas forcément celui qui marque le plus de points mais celui qui en perd le moins !

— Je peux essayer tout seul ? »

Ce petit avait de l'envie et de la détermination. Je l'avais senti dans son bras et maintenant dans sa voix. Je me revoyais en lui le jour où j'avais pris conscience que cette raquette en bois pouvait devenir ma planche de salut.

Je suis allé en trottinant me mettre de l'autre côté du filet. Les autres enfants ne perdaient pas une miette du spectacle. Les plus téméraires étaient déjà passés de l'autre côté du grillage.

À la main, je lui ai envoyé la balle. Il a frappé un grand coup. Dans le vide.

« Relax, Kenny ! Tu es trop tendu là. Respire, ne la quitte pas des yeux quand je te la lance, et tape sans forcer. »

La boule de feutre blanc est partie à nouveau. Le petit bonhomme a pris la raquette des deux mains et l'a frappée de toutes ses forces, vers les nuages. Il a levé les bras au ciel, heureux comme un batteur de base-ball qui venait de réussir un *homerun*. Une nuée de gamins s'envola pour la ramener en trophée. Je n'ai pas voulu gâcher cette joie sincère, ni effacer ce large sourire.

« Bien joué, Kenny ! Il est parfait ce coup !

— On peut taper avec une raquette, nous aussi ?

— Avec *votre* raquette : servez-vous ! »

Qui était le plus heureux ? Eux, ces gamins de Brooklyn qui échappaient quelques instants à leur présent sans avenir ; ou moi qui leur offrais des raisons d'espérer que leurs rêves ne seraient pas piétinés ? Dans ces quartiers, je le savais, l'espoir ne faisait pas vivre, mais il permettait de survivre.

C'est ainsi que débuta la Vitas Gerulaitis Youth Foundation, qui subsistera à ma disparition. J'ai déjà tout prévu. Chaque année des milliers de Kenny sont venus se réfugier sur des courts improvisés. J'ai fait jouer ma notoriété et mon carnet d'adresses pour recueillir des fonds, organiser des concerts de charité avec les cadors américains de la guitare électrique, Joe Perry d'Aerosmith, Stevie Ray Vaughan, Billy Squier, Eddie Van Halen. Quand je me suis retrouvé sur scène avec mes idoles, c'était moi, le gamin de Brooklyn émerveillé, fier de me sentir moins futile et plus utile.

« Ce poulain, alors, c'est qui ?

— Un vieux canasson sur le retour… »

Sylvester Stallone est intrigué. Je le vois à son chewing-gum.

« Connors ? Il n'est pas à la retraite ?

— Il a besoin d'un ultime tour dans l'arène, sentir l'odeur du sang, même si c'est le sien. Et je veux lui offrir ce dernier combat ! »

Je raconte à Stallone l'année que je viens de passer, chaperonné, chouchouté, protégé par Jimbo.

« Je pensais que c'était un sale con égoïste !

— C'était, ce n'est plus !

— Tu es conscient que c'est un cadeau empoisonné ?

— La passion est un poison, Sly, et elle n'a pas d'antidote ! Alors autant mourir de ce qu'on aime…

— Je la note, celle-là, au cas où je ferais un autre *Rocky* ! Tu sais Vitas, les cinéastes sont des cambrioleurs. On pénètre chez toi sans effraction et on vole, à droite, à gauche, des morceaux de vie, des bouts de phrases. Tout l'art du recel consiste à les revendre sur grand écran à leurs victimes sans qu'elles s'en rendent compte !

— Au moins, tu es un voleur honnête !

— En échange, je vais te filer des tuyaux pour ton pote ! »

Il a rangé son petit carnet à spirales dans son caban bleu nuit et m'a tapé dans la main. C'est comme ça que je suis devenu le Mickey de Jimmy Balboa. Sous le manteau. Officiellement, j'étais un golfeur à plein temps qui faisait quelques commentaires de tennis pour la chaîne CBS. Quelques observations sur le jeu, assez simples pour quelqu'un qui est déjà passé par là : de l'argent facile. Personne ne se doute que je me suis transformé en docteur Frankenstein pour réanimer le monstre Connors. Sly avait glané de nombreux trucs en observant les boxeurs : toujours faire croire que le feu intérieur du combattant n'a pas été rallumé par quelqu'un d'autre, qu'il est sorti tout seul du fond du trou, sans qu'on lui jette une corde, par la seule force de sa volonté retrouvée et de sa rage décuplée. Jimmy avait de la détermination à revendre. Je lui ai donné du temps d'entraînement comme je l'avais fait avec Björn. On s'est retrouvés à l'abri des regards. De l'avantage d'avoir un court chez soi. Jouer, se retaper, consolider ce poignet qu'il venait de se résoudre à opérer. Son médecin de Santa Barbara lui avait glissé qu'il devrait arrêter le tennis, intervention ou pas. Erreur fatale. Personne ne décide à la place d'un joueur de tennis, encore moins de Jimmy Connors. Au moment où il s'est allongé sur la table d'opération, deux ont débuté : celle de son poignet et celle de son come-back. Il a fallu le remettre dans le rythme. À 39 ans, les rouages se grippent. Un simple coup de burette ne suffit pas. Il a retrouvé la cadence. Jimbo est un besogneux. Il n'a pas les fulgurances de John, ni la science de Björn. C'est du tennis Springsteen, du jeu de col-bleu, à l'usure. Rien à faire de la beauté du geste. Il a l'élégance du marteau-piqueur sur un chantier de démolition. Il a fallu beaucoup parler aussi. Il était habitué aux sommets, et il se retrouve dans les bas-fonds du classement. Un roi déchu parmi les anonymes. À cause de son opération du poignet, il végétait vers la 175e place à l'ATP. Les jeunes avaient des égards pour son passé, mais le traitaient avec un peu de pitié. On lui conseillait de laisser glisser, de disparaître, tranquillement, du classement. Lui ne voulait pas se résoudre à quitter la scène sur la pointe des pieds. Un jour où nous disputions un petit match gagné au tie-break, on s'est retrouvés, côte à côte, assis avec une serviette sur la tête et le dos en compote.

« Je ne sais pas pourquoi tu t'infliges ça, Jimmy…

— Arrête, Vitas, on dirait Patty !

— Elle a raison ! Tu as tout pour être heureux : une femme sublime, un fils adorable, de l'argent pour vivre pendant au moins deux siècles et une carrière qui force le respect de tes adversaires les plus coriaces ! Qu'est-ce que tu veux de plus ?

— Ce que je n'ai plus…

— Tu as tout !

— Ma dope à moi, Vitas, ce n'est pas la tienne. Il n'y a pas un dealer de Bed-Stuyvesant qui peut débarquer à tout moment pour me fournir l'adrénaline d'une partie acharnée. Je dois la fabriquer moi-même…

— Raison de plus pour décrocher, Jimbo !

— Pas maintenant. Je suis en manque !

— Qu'est-ce qui te fait dire que tu pourras t'arrêter ? Crois-moi, ce n'est pas simple…

— Tu as retouché à la coke ?

— Joker…

— Vitas, putain !

— Je n'ai pas envie d'en parler. Une séparation, c'est toujours douloureux. Surtout quand on a partagé autant d'intimité…

— Du baratin ! N'essaye pas de m'embobiner ! T'as retapé ?

— Tu veux savoir ? On la joue au tie-break. Si tu le gagnes, je te dis ! Sinon, tant pis… Allez, le vieux, je te laisse servir !

— Le vieux n'a que deux ans de plus que toi, connard ! »

Jimmy n'a pas besoin de ce surplus de motivation pour avoir envie de gagner. Mais un petit pari pimente toujours l'affaire. J'ai bondi de ma chaise et je lui ai lancé sa toute nouvelle raquette en graphite, jaune et vert fluo, signée Estusa, qu'il a choisie pour son retour inespéré. Comme pour être sûr de se faire remarquer. Comme un symbole aussi. Pour mieux renaître de ses cendres, le phénix en short devait mettre au feu ce vieux cadre en acier. Le deuil de sa vieille Wilson dut être un crève-cœur, connaissant le personnage et ses idées conservatrices. Mais si Jimmy est têtu, il n'est pas borné, et il a fini par comprendre qu'il devait s'adapter à l'évolution technologique.

Sa rentrée à Roland-Garros l'avait convaincu d'accepter le progrès. Il avait passé les deux premiers tours : un miracle. Au troisième, il avait affronté Michael Chang et son tennis à rendre fou un psychiatre. Jimmy venait d'arracher le quatrième set quand tout le monde le voyait battu, enterré six pieds sous terre. Il remporta symboliquement le premier point du cinquième set. Certes, il a perdu contre Michael Chang, qui aurait pu être son fils, mais la perspective de pouvoir battre la jeune concurrence à armes égales a dû calmer la douleur d'enterrer sa vieille Wilson. Sa renaissance, il la peindrait au graphite.

Jimbo a gagné le tie-break. Et le droit de savoir.

« Non, je n'ai pas retouché à la coke. Voilà. »

Heureusement qu'il ne m'a pas demandé de jurer : j'aurais dû croiser les doigts dans mon dos.

Une dernière danse avant de quitter le bal. Frankie Sinatra disait qu'il faut « soigner son entrée et surtout sa sortie ». Jimbo allait kidnapper l'US Open et la foule payerait la rançon en applaudissements. Au fil de ce tournoi crépusculaire, le vieux lion allait dévorer les jeunes fauves aux dents qui rayent le ciment.

En premier lieu : McEnroe; pas John, Patrick. On dit souvent qu'être un « fils de » est une charge lourde à porter. Être le frère d'un génie n'est pas non plus une sinécure. Pat a sept ans de moins que Big Mac. La nature l'avait fait droitier, comme si elle avait voulu lui épargner les comparaisons. Ils étaient d'ailleurs incomparables. Patrick avait meilleur caractère, mais c'est bien le seul point où il était meilleur que son aîné.

J'ai constaté quelques mois plus tôt, à l'Open de Chicago, qu'il avait aussi beaucoup d'esprit et d'autodérision. En finale, les deux McEnroe s'affrontaient sous le regard du paternel, aussi partagé qu'embêté. Il savait qu'à l'issue de la rencontre il devrait féliciter l'un et consoler l'autre. Dans les deux cas, un McEnroe figurerait au palmarès. John obtient une balle de match. Au moment de servir, la balle lancée, un téléphone sonne. Sans doute un suicidaire : oublier de couper son portable pendant un match du rouquin teigneux équivaut à entrer dans le couloir de la mort. Je m'attendais à ce que John cherche dans le public le coupable pour lui déverser un container d'insultes.

Le passage de la trentaine semble avoir assagi M. « *You cannot be serious ?* », même si quelques bouteilles en plastique ont volé aux changements de côté. Le caractère, c'est le contraire de la chirurgie esthétique : on ne se refait pas. Le public vient aussi pour ça. Un match de John sans insultes, c'est un concert des Eagles sans *Hotel California.*

Mac s'est tourné vers son père.

« Papa, réponds, c'est maman qui appelle ! »

Le public a éclaté de rire.

« Dis-lui que je serai bientôt à la maison ! » a continué Patrick.

Il a perdu la rencontre, quelques secondes plus tard, et offert à son grand frère, sans le savoir, le dernier titre de sa carrière. Mais le match de l'humour, c'est Patrick qui l'avait gagné.

Pour le reste, c'était du McEnroe low cost. 174e mondial. Un bon joueur ressemblant à tant d'autres, pondus chaque année par le circuit : de la chair à canon livrée aux meilleurs du classement.

Du temps de sa splendeur, Jimmy n'aurait fait qu'une bouchée de cet amuse-gueule. De quoi s'ouvrir l'appétit avant d'attaquer les plats de résistance, en quart, en demi, voire en finale. Mais, ce jour-là, Patrick McEnroe fait taire toutes les comparaisons. Lors des deux premiers sets, il semble aussi fort que John. 6-4, 7-6. En face, le fantôme de Jimbo traîne son boulet sur le court. Dans le troisième set, il est mené 3-0 et 0-40 sur son service. S'il perd le point, c'est fini. Le public de Flushing Meadows, venu pour une résurrection, assiste à des funérailles. Dans ma cabine de commentateur, je redoute, impuissant, ce que je pressentais. Quelques semaines plus tôt, quand il a surgi chez moi, tellement excité qu'il n'a même pas remarqué les deux filles nues sur mon canapé – oui, il y a des disciplines sportives auxquelles je n'ai pas renoncé –, je n'ai pas eu la force ni le courage de lui en parler.

« Vitas, c'est bon ! Bloque ton mois d'août, vieux frère, on fait l'US Open !

— Oui, je sais, j'ai signé avec CBS comme consultant !

— J'ai une *wild card* ! Les organisateurs me l'ont donnée pour services rendus au tennis américain. Je n'avais aucun doute là-dessus. Franchement, sans nous, les États-Unis seraient le tiers-monde de ce sport !

— Il y a eu quelques joueurs avant nous : Stan Smith, Arthur Ashe. Et il y en aura d'autres après… Le jeune Aaron Krickstein, il n'est pas mal…

— J'ai tapé la balle avec lui la semaine dernière. C'est pas mal mais bon, à la grande époque, des Krickstein, on en avait un dans chaque bras !

— Et Sampras ? Il a gagné l'an dernier à New York… Contre le petit protégé de Nick Bollettieri, Agassi. La relève est là !

— Elle attendra parce que, cette année, Jimbo vient lui botter le cul !

— Faudrait déjà que tu arrives à lever la jambe jusque-là… »

Une des filles, totalement à poil, est passée devant lui. Paulina. À moins que ce soit Kelly. Enfin, une des deux. Il a jeté un œil discret à son arrière-train en connaisseur.

« Celui-là, avant Patty, je m'en serais bien occupé… Je me sens comme un jeune homme. Je pense que cet arrêt forcé a été un mal pour un bien. Je jouais trop. L'attrait de la victoire et l'appât du gain. Aujourd'hui, j'ai retrouvé l'envie d'un junior !

— Tu auras quel âge le 2 septembre prochain ?

— 39 ans. J'ai regardé le tableau final, si tout se passe bien, ce sera le jour des huitièmes ! Commande le gâteau, on soufflera les bougies dans le vestiaire. Après la qualification en quarts ! »

Jimmy est croyant, pas vraiment pratiquant, mais il a une foi inébranlable en lui. Je l'enviais. Si j'avais davantage cru en moi, j'aurais éclaté ce plafond de caoutchouc qui m'a laissé bloqué sous les semelles des chaussures de Björn, de John ou de celui que j'écoutais m'assurer sans l'ombre d'un doute qu'il serait encore sur le tableau, en deuxième semaine de l'US Open. « *You may say I'm a dreamer, but I'm not the only one.* » La ville qui a vu mourir John Lennon a vu renaître Jimmy Connors : dur à cuire et doux rêveur.

Mais Patrick McEnroe est prêt à le faire redescendre de son nuage. Jimmy sert, et le miracle se produit. Instinct de survie. La foudre s'abat sur le court central. Un éclair traverse le vieux guerrier, sa raquette métallique en guise de paratonnerre. En une fraction de seconde, il entre en transe. Son visage grimace, non pas de douleur, mais de furie. Tous les spectateurs, ensorcelés par la scène, sentent leur énergie quitter les tribunes, pour converger vers le corps de Jimbo. Un type dont les batteries rendaient l'âme est devenu une centrale nucléaire prête à irradier le court. Il remporte son service, le set et le match. Patrick McEnroe est prostré. Cette rencontre qu'il avait en main lui a échappé, en un éclair. Le lendemain, je l'ai croisé dans les travées du stade, la capuche sur la tête, le regard vide.

« J'ai réveillé la bête, Vitas, j'ai réveillé la bête… »

Il avançait dans l'allée en délirant, répétant cette phrase en boucle sur un ton monocorde.

« Tu sais, Vitas, ce match, si Jimmy le perdait, c'était le dernier de sa carrière. Alors, face à l'abîme, un pied dans le vide, un orteil cramponné au sol, il a vu la lumière. Tout s'est éclairé. Il a compris !

— Compris quoi ? »

Patrick s'est tourné vers moi, il a baissé sa capuche. Il a saisi mes deux poignets, les a serrés très fort :

« Il a senti qu'il ne pouvait plus fonctionner comme avant, quand il se nourrissait de la haine des gens. Cette essence-là, elle ne faisait plus tourner son vieux moteur. Il a découvert qu'il adorait ce qu'il avait toujours détesté : être aimé. Et surtout, il a senti qu'il en avait besoin. Parce qu'aujourd'hui il ne peut plus gagner tout seul…

— Il n'y a pas un interrupteur pour les sentiments. On ne passe pas du dégoût à l'admiration comme ça !

— C'est la magie de ce moment, Vitas. Je vais t'avouer quelque chose : au moment où Jimmy a retourné la foule, je crois que j'aurais pu poser ma raquette par terre et l'encourager.

— Tu es comme moi, Pat : tu es trop gentil. Au tennis, ce sont les méchants qui gagnent. Regarde ton frère ! »

Non, John n'est pas méchant. Il n'est pas fait du même métal que Jimmy : lui, c'est de l'acier chromé, une calandre de Cadillac prête à foncer dans le tas, défoncer tout le monde, et tant pis pour les dégâts ; Mac, lui, c'est du fer-blanc, moins solide, plus fragile, plus tourmenté. La vraie différence entre ces deux râleurs, c'est que Jimbo recherchait la victoire, et John, la perfection.

Un jour, je m'entraînais à l'Académie de tennis de Port Washington. J'étais déjà dans le grand bain, je venais de jouer mon premier US Open. C'était encore à Forest Hills. Je m'étais fait ramasser au premier tour par un Japonais inconnu, Toshiro Sakai. Malgré ma défaite un peu honteuse, j'étais l'attraction. Les gamins du club voulaient tous m'approcher. Mon nom n'était plus associé à une maladie – une blague raciste à laquelle j'avais eu droit quand j'avais leur âge. Quand je m'entraînais avec mon coach Harry, ils posaient leur raquette et venaient me voir jouer, comme s'il suffisait de me regarder pour progresser. Mon côté détendu, ma *coolitude* les trompaient : ils cachaient la souffrance que je m'infligeais pendant des heures.

On entendait des cris venus de l'autre extrémité de l'Académie. C'était John. Il martyrisait le pauvre éducateur qui essayait de corriger son geste de service, devenu sa signature. Il devait avoir 13 ans. Il avait une tête de poupon, un sale caractère et une tignasse – j'avais l'habitude de dire, pour me moquer de lui, que ses cheveux avaient rouillé. Le professeur a fini par craquer, laissant le gamin à sa colère. J'entrais sur le court comme un dresseur dans la cage au lion. Il m'a d'abord jeté un regard noir.

« Kid, tu pourrais un peu baisser le volume ?

— Désolé, monsieur, ce n'est pas ma faute, c'est lui ! Il me donne des conseils bidon ! Ça m'énerve !

— C'est son boulot d'essayer de te corriger. C'est comme ça qu'on progresse...

— Pas moi. De toute façon, c'est mon père qui m'a forcé à venir ici, moi, je ne voulais pas. Je n'ai besoin de personne pour savoir ce qu'il faut que je fasse. Il faut juste que je réussisse à le faire.

— Et tu penses que tu peux devenir le meilleur joueur de la planète sans entraîneur ?

— Oui ! »

Je l'ai regardé, fasciné par sa morgue. Ce n'était pas la posture arrogante d'un adolescent. C'était la conviction du futur numéro un mondial qui n'aurait jamais de coach, durant toute sa carrière.

Quand sa colère est un peu redescendue, je l'ai invité à s'asseoir à côté de moi, pour discuter. Ce petit rouquin teigneux était extraordinaire, ça se voyait comme la trompe au milieu de la tête de Dumbo. Bien sûr, il m'intriguait. J'ai toujours été attiré par les gens différents, quels que soient le sexe ou l'âge. Quel intérêt d'être coulé dans le moule qui avait déjà servi à des centaines de millions d'autres avant soi ? Pourquoi ne pas ambitionner d'être unique, un John McEnroe plutôt qu'un John Doe ?

« C'est quoi, pour toi, le match de tes rêves ?

— C'est un match que je gagne en ne faisant aucune erreur !

— Mais c'est impossible, ça !

— Peut-être pour vous. C'est votre problème si vous n'êtes pas ambitieux. »

J'ignorais encore, à ce moment-là, que Mac venait de me donner sa clé, son *Rosebud* : le tennis, pour lui, n'était pas un sport, mais une quête – celle du match parfait, du match irréalisable. Le tennis moderne venait d'accoucher du Sisyphe pour qui chaque balle devenait un rocher. Jusqu'à ce qu'il n'ait plus la force de le pousser.

Ce petit con qui venait de me clouer le bec, j'ai eu pitié de lui : je savais qu'il allait au-devant de grandes souffrances ; il commençait un chemin de croix qui ne pouvait avoir de fin. C'est pourquoi ses colères n'étaient pas dirigées contre l'arbitre, son adversaire ou des spectateurs, mais contre sa frustration, contre tout ce qui l'empêchait d'atteindre la perfection. Derrière son hystérie, je voyais sa tristesse : on peut être heureux en devenant meilleur que les autres, on ne peut pas en cherchant à être meilleur que soi.

Depuis ce jour, j'ai eu une tendresse infinie pour John McEnroe. Si j'avais eu la malchance d'être sa tête de Turc, si j'avais déchaîné sa fureur, je lui aurais tout pardonné, en souvenir de ses confidences à Port Washington. En souvenir aussi du poulet à la sauce lituanienne de ma grand-mère. Il adorait venir déjeuner chez nous. Parfois, il y faisait même sa lessive. Je ne sais pas comment il se débrouillait, il avait toujours un sac rempli de vêtements sales à l'arrière de sa Ford Pinto. On le voyait débarquer dans son horrible voiture orange à toit blanc – l'une des pires sorties du cerveau d'un constructeur, qui avait eu l'idée de placer le réservoir au niveau du coffre. Un choc à l'arrière, et John aurait fini en steak grillé dans son barbecue à quatre roues. Je lui avais gentiment demandé de se garer sur le trottoir d'en face : nous tenions à notre image respectable dans le quartier.

On partageait aussi la passion de la guitare. Là, j'étais meilleur que lui. Heureusement, il était moins tatillon avec les cordes de sa Stratocaster qu'avec celles de sa raquette : il aurait passé nos *jams* à fracasser des instruments contre les murs capitonnés du studio. Il avait fini par avoir un niveau suffisant pour que l'on croise le manche avec deux pointures, Stevie Ray Vaughan et Buddy Guy, lors d'un de mes concerts caritatifs au Pier 84, du côté de Hell's Kitchen.

Et puis, surtout, on a passé de nombreuses nuits ensemble. Il faisait partie du banc de rémoras qui suivaient le grand squale blond dans la tournée des clubs de Manhattan. On a beaucoup discuté, affalés sur les canapés, en scrutant les arrivages de mannequins. Je comprenais mieux comment il s'était forgé ce caractère. Naître en Allemagne sur une base américaine parce que papa travaillait pour l'US Air Force, c'était déjà une enfance différente de celle des autres : comment se faire des copains quand un mur de barbelés vous sépare d'eux ? Ses parents l'ayant désigné premier de cordée de la fratrie, sa seule compagnie était la solitude. Il s'est mis à jouer au tennis pour tuer le temps, en tapant contre un mur – le moins bavard des adversaires, et le plus imbattable. Il commençait sa quête.

Ce 2 septembre, Jimmy l'avait annoncé : il fêterait ses 39 ans sur le court de Flushing. Il n'y avait que lui pour y croire. Pourtant, après Patrick, le bulldozer Connors avait écrabouillé le fadasse Hollandais Schapers, puis la tête de série numéro onze, le Tchèque Novacek ; et le tout sans perdre un set. Ils s'étaient fait désosser comme des vaches traversant un fleuve rempli de piranhas. Et Jimmy n'était pas repu : c'était au tour d'Aaron Krickstein, quinze ans de moins que lui, né en 1967, la même année que la raquette en acier avec laquelle Jimbo était devenu numéro un mondial. La nouvelle génération voulait remettre le vieux à sa place : chez un antiquaire. Même s'il n'a pas confirmé tous les espoirs placés en lui, Aaron était en grande forme, à l'époque. Fabriqué sous le soleil de plomb floridien, à l'académie Bollettieri, il avait été le plus jeune vainqueur d'un tournoi ATP de l'histoire, à 16 ans et deux mois. Le coach à lunettes de triathlète soudées sur le nez était un ancien Marine qui avait transposé les méthodes de l'armée au tennis. *Full Metal Racket*, dans le rôle du sergent-instructeur. Il hurlait à longueur de journée sur ses jeunes pousses :

« Si vous n'avez pas vomi sur le court, c'est que vous pouvez encore jouer! »

S'ils vomissaient, d'ailleurs, ils étaient punis : 100 pompes. Nick Bollettieri était la version virile de Gloria, la mère de Jimbo. Ses enfants étaient des clones : des machines infatigables, coup droit surpuissant, revers à deux mains destructeur, résistance maximale, jeu de fond de court et montée à la volée uniquement au moment de venir serrer la main. Ils ne s'approchaient de leurs adversaires qu'après les avoir vidés.

Si Jimmy était le Balboa vieillissant, Krickstein était Ivan Drago. Je ne voyais pas comment mon ami pourrait s'en sortir. Le début du match confirmait mon pressentiment : Jimbo perdait 6-3. Dépassé, tout allait trop vite pour lui. On assistait à la course d'une Formule 1 contre un tracteur. Le public poussait Jimmy et sifflait Krickstein, qui restait imperturbable : Nick l'avait bien dressé. Ce pitbull tenait sa proie, et ne la lâcherait pas.

Jimmy me cherchait à mon poste de consultant. Quand il a enfin croisé mon regard, je n'ai rien su lui dire. Il est plus difficile de mentir avec les yeux. Je n'étais pas plus utile que les spectateurs new-yorkais. Ce public est comme une belle femme qui joue l'indifférence : elle veut bien être séduite, mais donne du fil à retordre à son dragueur ; elle estime qu'elle le mérite.

Et puis, au fil des tours, l'outsider improbable était devenu le favori inattendu. Tous les regards étaient tournés vers lui. On était au Connors Open. Quand toute la lumière est sur vous, elle peut vous aveugler. Le kilométrage de son moteur modèle 1952 était son seul avantage. Le vieux Connors a fait plus d'une fois le tour du compteur : des miles et des miles d'expérience. Avec 1 250 victoires, on sait gérer toutes les situations sur un court. Quand les jambes et les bras ne suivent pas, la tête prend le relais : garder son sang-froid et ouvrir le kit de survie du joueur en péril. Premier précepte : si l'on n'arrive pas à entrer dans le match, il faut que son adversaire en sorte. Autrement dit, au début du deuxième set, Jimmy a commencé à faire du Ilie Nastase, ce maestro de la déconcentration. Combien de joueurs entrés sur le court en chemisette sont ressortis en camisole de force ? Ce Mozart de l'entourloupe avait tellement de charme que même ses victimes finissaient par rire à ses pitreries.

Jimmy a commencé à plaisanter avec les juges de ligne pour casser le rythme. Des demandes de serviette systématiques aux ramasseurs de balles. Il essuyait son grip juste avant le service de Krickstein. Ça suffit à dérégler un joueur. Pour la première fois de la rencontre, le junior perdait son engagement. Le vétéran prenait le large. Tie-break. Le thermostat de l'ambiance venait de grimper de quelques degrés. Si Jimmy ne gagnait pas ce deuxième set, il serait incapable de remporter les trois suivants. D'aurant plus qu'Aaron adorait les matchs au long cours. Il avait la fraîcheur pour lui, Jimmy, les encouragements. Égalité : 7-7. Le prochain point serait décisif.

L'échange commence, le bras de Jimmy ne tremble pas. D'une grosse attaque de revers, il agresse Aaron, contraint à défendre avec un lob que Jimmy smashe de toutes ses forces. Le juge de ligne valide. Krickstein proteste. L'arbitre de chaise David Littlefield inverse la décision. Il offre le point au jeune Américain. Surtout, il déclenche l'étincelle qu'attendait Jimbo pour allumer la mèche et dynamiter le public. C'est parti pour le *show*. Le voilà qui se rue en direction de l'officiel du match. On aurait cru que Jimmy récitait un texte écrit par John McEnroe. Le papa grondait son enfant. La chaise d'arbitre s'est transformée en chaise pour bébé. Sous le ciel bleu s'est abattue une pluie d'insultes. L'arbitre essayait de garder son autorité, mais Jimbo n'entendait rien, et la fit fondre comme une motte de beurre au soleil. Enragé, Jimmy sentait sa peur et venait mordiller le bas de son pantalon en tergal, en le menaçant de sa raquette.

« Faute ? Elle est faute ? Tu ne l'as même pas vue, cette putain de balle !

— Monsieur Connors…

— Tu es un clochard ! Un clochard ! Je suis là à me bouger le cul à 39 ans et toi, tu oses me balancer cette merde ? Elle est faute ? Descends de ta chaise, on va aller voir ça !

— Je l'ai vue nettement…

— Tu l'as vue ? Mon cul, oui ! »

J'ai recraché ma gorgée de Coke sur mes fiches dans un mélange de rire, de surprise et de stress. Je ne sais pas si la balle avait touché la ligne, mais Jimmy, lui, l'avait allègrement franchie. On a vu des joueurs prendre un point de pénalité pour moins que ça. Il aurait pu être disqualifié. Mais c'était Connors, ex-numéro un mondial, 109 tournois ATP en poche, dont 8 du Grand Chelem, et un stade entier qui venait d'entrer en éruption devant cette « injustice ». Pourtant, l'arbitre a maintenu sa décision.

« 8 points à 7, Krickstein. »

Bronca immédiate. L'arbitre sur sa chaise, c'était Davy Crockett à Fort Alamo, et les spectateurs, les troupes mexicaines qui l'encerclent et attendent l'ordre du général Santa Anna Connors pour le prendre d'assaut. Il n'en sera rien. Jimmy est retourné sur sa ligne. Il a continué de maugréer en balançant des noms d'oiseaux. Il a essuyé son grip avec sa serviette en jetant des regards noirs à l'attention de M. Littlefield. Puis il s'est épongé le front avec sa manche, essayant de redescendre. Il finit par baisser le volume : il sait qu'il s'en sort bien. Une pénalité lui aurait fait perdre le set. Il sait aussi qu'il est en mauvaise posture : de l'autre côté du filet, Aaron est à quelques coups de raquette de la victoire. Il faut se reconcentrer. Et vite. Il est sur le fil du rasoir. J'ai vécu ce genre d'interruption dans ma carrière, je les ai provoquées parfois, subies le plus souvent. On ne sait jamais à qui elles profitent.

Jimmy fait rebondir plusieurs fois sa balle, le temps d'obtenir le silence. Il la lance et frappe. À l'extérieur. Faute. Aucune contestation possible. Deuxième balle. La même, dans le carré. Krickstein la renvoie. Un revers à deux mains, petit bras. L'option sécurité. C'est exactement pour ça que Jimbo ne s'était pas pressé pour servir. Pour laisser entrer sur le court le pire ennemi d'un joueur : la gamberge. Forcément, Aaron a pensé à ce point avant de le jouer. Il anticipe ses conséquences. Il se voit peut-être déjà serrer la main de son idole, Connors, lever les bras et saluer ce public. « Sans rancune, les gars, mais c'est moi qui verrai les quarts de finale ! » Les pensées sont des serpents dont on s'aperçoit trop tard qu'ils étaient venimeux. Jimbo saisit l'aubaine de rentrer dans ce retour timide sans se poser de questions. D'une violente attaque de revers, il agresse Aaron dont le passing de coup droit est trop désespéré pour aboutir. Volée de revers gagnant, Jimmy revient à 8-8. D'un geste vindicatif, il pointe l'arbitre de sa raquette, avec une nouvelle bordée de jurons. Pour le plus grand plaisir de la foule.

Impassible, l'officiel annonce :

« 8 points partout ! »

Connors vient de retourner le match comme un vulgaire pancake. Je jubile intérieurement. À l'antenne, j'ai un devoir de réserve. Quel pied de voir mon vieux pote gagner son bras de fer contre le temps qui passe, la vieillesse, la cruauté du sport qui oblige à céder sa place en conservant intacte sa passion. Avant lui, les Rosewall, Emerson, Newcombe et Pancho Gonzales avaient résisté à la génération montante. Ce dernier, à l'âge de 43 ans, avait battu un jeune ambitieux de 19 ans à la coupe au bol, du nom de Connors, lors du Pacific Southwest Open à Los Angeles. Clin d'œil de l'histoire, ce soir, les rôles sont inversés. L'ancien remporte le tie-break 10-8 d'une nouvelle volée qui fait exploser le public. Il subit le contrecoup de la décharge d'adrénaline. Et perd sèchement : 6-1. Mais une idée flotte dans l'air : Jimmy ne peut pas perdre ce match. Il gagne le quatrième set alors que Krickstein appuie sur le défaut de Connors : le coup droit. Combien de balles un peu molles je lui ai jouées dessus, pour provoquer la faute ? Le cinquième set est homérique. Krickstein breake et sert pour le match à 5-3. Jimbo a un genou à terre et un pied dans la tombe. Il y a comme un parfum de tragédie grecque soudain sur le ciment de Flushing : Aaron est sur le point de tuer le père. Jimmy, c'est son idole de jeunesse, il lui voue un respect illimité. Pourquoi doit-il faire ce sale boulot ? Le destin en a décidé ainsi. Mais le petit garçon qui usait les cassettes VHS en regardant en boucle les matchs du guerrier à la raquette d'acier ne veut pas s'y résoudre. Son bras est prêt, pas son cerveau. Même les machines ont un cœur. Jimmy le pousse au tie-break dans le cinquième set. Et l'entraîne dans sa chute.

« Tu sais, Vitas, j'aurais eu plus de regrets en gagnant ce match qu'en l'ayant perdu…

— Tu ne l'as pas perdu, Aaron : tu l'as laissé le gagner.

— J'étais le chasseur, j'avais le doigt sur la gâchette et je suis devenu le gibier qu'il a achevé. »

En effet, et sans aucune hésitation. Les sentiments n'ont pas leur place sur un court de tennis. Le public de Flushing est debout. Du temps de Néron, il aurait baissé le pouce. Jimmy le sait. Avant d'attaquer ce jeu décisif, assis au fond du court, à bout de forces, il trouve celle de se tourner vers la caméra de CBS et de la regarder droit dans l'objectif. Personne n'a jamais su qui il regardait. Je peux le dire : ce regard, il s'adressait à moi.

Je l'avais porté à bout de bras avant le tournoi, comme il m'avait sauvé quand la coke avait failli me tuer. Le jeu a repris. J'ai prié. À quoi bon ? Je me doutais bien que Dieu m'avait blacklisté. Et pourtant. Après quatre heures et quarante-deux minutes de jeu, Connors a envoyé Aaron en enfer. Il n'en est jamais revenu. En retirant son bandana, saluant son tombeur, il a eu l'air totalement perdu. Jimbo, le poing serré, bondissait comme un diable, savourant le dernier grand moment de sa carrière. Il finira par tomber en demi-finale face à un autre cogneur, plus jeune, plus fort, une sorte de joueur de base-ball qui se serait trompé de sport : Jim Courier. Le soir de la finale, on a dîné au Bernardin, un restaurant multi-étoilé sur la 51e Rue. Lui avec Patty, moi avec je ne sais plus qui. On a trinqué, il m'a regardé droit dans les yeux et il m'a dit :

« Cette année, on est deux à avoir gagné Flushing. Le vainqueur et moi. Mais celui dont on se souviendra, tu l'as devant toi ! »

Désolé pour Stefan Edberg, mais il avait raison.

Björn en avait fini, moi aussi, maintenant Jimmy. Il ne restait plus que John, lui aussi proche de la sortie. Le champagne, ce soir de septembre 1991, avait un goût de nostalgie.

« Je suis là ! »

C'est-à-dire dans la piscine en forme de raquette de tennis, comme celle qui m'avait donné les moyens d'acheter cette propriété à Kings Point. Dans ce port de Long Island, yachts et voiliers en disaient long sur les revenus de ses habitants. J'avais tenu la promesse faite à mes parents, après ma première victoire ATP au tournoi de Vienne, en octobre 1974. J'avais empoché quelques dizaines de milliers de dollars. Une fortune pour nous à l'époque. En rentrant à Brooklyn, je m'étais enflammé :

« Quand je serai riche, j'achèterai une grande maison où on vivra tous ensemble, Ruta, vous et moi. Maman, tu auras une cuisine plus grande que notre appartement. Tétis, un garage gigantesque où tu bichonneras toutes nos voitures. Et pour Ruta, un court de tennis privé pour t'entraîner. Parce que toi aussi, petite sœur, tu vas devenir une championne !

— Commence déjà par descendre les poubelles !

— Et dans cette maison, on aura quelqu'un pour le faire ! »

Maman m'avait embrassé sur le front pendant que Tétis s'impatientait, les sacs d'ordures à la main. Aujourd'hui, tous les Gerulaitis étaient réunis sous le même toit. Une sorte de manoir contemporain avec de grandes baies vitrées, tout en volumes géométriques, ronds pour l'avant, en angles pour l'arrière. Six chambres avec autant de salles de bains. Une suite plus grande qu'un court de tennis : 230 mètres carrés avec une kitchenette, une salle de bains, une cheminée et une peau de bête dont j'avais hérité. Un gigantesque salon où j'avais accroché mon portrait réalisé par Andy Warhol. Il m'en avait offert un exemplaire. Je ne nie pas mon narcissisme : j'ai aimé celui que j'étais, mon corps, l'enthousiasme que je pouvais soulever ; j'ai rêvé de la gloire et de la reconnaissance des foules, et je m'en suis enivré ; j'aimais séduire le public, mes amis, les femmes – j'aurais essayé de plaire au mur contre lequel je frappais mes premières balles si j'avais pu.

J'avais voulu rendre mes parents heureux, en leur offrant cette magnifique maison, mais ils avaient d'abord refusé de s'y installer.

« Non, non, chéri, ce n'est pas pour nous, ça. Toi, ta vie a changé ; nous, on veut garder la nôtre. »

Difficile de les faire sortir de Brooklyn. Ils avaient presque honte de venir vivre à Long Island, dans les beaux quartiers. Maman avait même menti à la voisine, lui racontant qu'ils déménageaient dans le Queens : c'était plus pratique pour le nouveau travail de son mari. Elle omettait de préciser que le nouveau job consistait à surveiller les jardiniers et les employés de maison. Il a d'ailleurs pris très à cœur son nouveau travail. Il râlait quand je lui disais en plaisantant qu'il était devenu le patron qu'il détestait quand j'étais môme.

« On est nés pauvres, on mourra modestes. On prendra la petite chambre et ce sera très bien comme ça… »

Je n'avais pas insisté. D'autant que la suite avait un accès direct sur le *rooftop*. Le soir, mon rituel, avant de sortir à Manhattan, consistait à m'installer dans un transat pour assister, aux premières loges, au plus beau spectacle du monde : le soleil couchant posé sur la pointe de l'Empire State Building comme une boule sur un bilboquet.

Je pensais avoir réalisé mon rêve : la galaxie familiale tournait autour de mon ego. Dans ma piscine, je me laissais flotter dans une sorte de Chesterfield gonflable. Ruta était alanguie sous un parasol bleu azur. Je lui avais ramené un Discman du tournoi de Tokyo. Elle était une des toutes premières gamines américaines à posséder un lecteur de CD. Elle écoutait le même titre en boucle depuis ce début 1983 : *Africa* de Toto. J'avais fait quelques virées mémorables à Los Angeles avec des gars du groupe, David Paich, le clavier, Steve Lukather, le guitariste, et Jack Daniel's, la bouteille. *Africa* était le tube de l'année qui avait eu le mérite de faire réviser sa géographie à ma petite sœur, mais je commençais à saturer d'entendre le Kilimandjaro se dresser comme l'Olympe au-dessus du Serengeti.

J'étais à cran. L'année avait mal commencé. Björn venait d'annoncer officiellement sa retraite. Après sa défaite contre John à Flushing, le ressort s'était cassé. Il avait continué à jouer quelques exhibitions et des tournois sur invitation grassement payés. Une sorte de tournée d'adieu qui ne disait pas son nom. Une manière d'engranger quelques centaines de milliers de dollars pour la route. Une route qui était encore longue, il avait seulement 26 ans et demi. On se voyait toujours bien sûr : il avait acheté une maison voisine de la mienne. Sans mon compagnon de voyage, je me sentais orphelin sur le circuit. Je passais plus de temps dans les avions et les hôtels que sur les courts. J'avais l'impression d'être un commandant de bord qui joue au tennis pour se détendre entre deux vols. Alors, j'ai changé de compagnon. En duo, je vivais mieux. Il était encore moins bavard que Björn mais plus festif. Et tenait dans un petit sachet. Un petit sachet qui m'a causé la deuxième contrariété de ce début d'année.

« Sors de la piscine, Vitas, la police est là !

— La police ?

— Tu as fait quelque chose de mal ?

— Maman…

— Réponds-moi !

— Je n'ai rien fait de mal. Ils doivent être là pour autre chose. Va leur dire que j'arrive ! »

Elle m'a regardé droit dans les yeux. Les mêmes que les siens : deux pupilles perçantes qui lui servaient de détecteur de mensonges. Elle a fait demi-tour en direction du portail électrique. Je me doutais de la raison de leur visite. Je suis sorti de la piscine à toute vitesse, je me suis éraflé la jambe sur la mosaïque mexicaine du rebord. J'ai attrapé deux serviettes blanches : une pour éponger le sang, une autre pour me sécher. J'ai enfilé ma chemisette. Je me suis mis un coup de peigne rapide. Comme si je pouvais changer le cours des événements qui s'annonçaient. À l'entrée, ils étaient là, en civil, des sosies de Starsky et Hutch.

« Vous saignez ?

— Ce n'est rien, je me suis râpé le tibia en sortant du bassin. J'en ai vu d'autres… Maman, tu peux aller me chercher un pansement dans la maison, s'il te plaît ? »

Il fallait que je trouve un moyen de l'éloigner. Son cœur était devenu si fragile. Elle était déjà tellement stressée d'avoir vu la police débarquer chez nous. Je m'assurais qu'elle était suffisamment loin pour m'adresser aux deux officiers. Après m'avoir présenté leur plaque, l'un d'entre eux me demanda de les suivre.

« Pour quel motif, je vous prie ?

— L'attorney Martin veut vous voir. Vous êtes accusé de possession et trafic de cocaïne.

— C'est une plaisanterie ?

— Je ne devrais pas vous le dire normalement, mais mon fils a participé à un de vos trucs caritatifs pour les gamins : je vous dois bien ça…

— Il est doué son petit, m'a dit le second policier, il a un sacré coup de raquette, vous avez dû le remarquer : Tommy Wilkins, ça ne vous dit rien ?

— Non, désolé. Alors, qu'est-ce qu'on me reproche ?

— L'an dernier, aux Masters de New York, les stups ont ferré des types en se faisant passer pour des vendeurs de cocaïne pharmaceutique. Le deal a capoté mais on les a cueillis. Ça vous dit quelque chose Tony Goble ?

— Oui, je le connais, sans plus. Je ne sais plus où je l'ai croisé, dans une soirée, j'imagine. Un champion de backgammon, si je me souviens bien…

— Vainqueur de la Coupe du monde en 1976. Mais il n'y a pas que sur un plateau de jeu qu'il avance ses pions.

— Vous pouvez en venir aux faits, s'il vous plaît ?

— Les deux types ont balancé Goble. La coke, il l'achetait pour lui et ses amis, dont vous, monsieur Gerulaitis. Selon sa déposition, vous étiez prêt à lui en prendre pour 20 000 dollars !

— C'est faux !

— Votre copain Goble est passé aux aveux…

— J'appelle mon avocat !

— C'est préférable. Vous allez en avoir besoin. Je vous préviens, les prisons des États-Unis sont moins spacieuses que votre maison. Et puisque vous avez l'air d'aimer l'eau, pour faire trempette, ce sera les douches. »

Ma mère est arrivée avec une trousse à pharmacie. Elle m'a tendu un coton imbibé d'alcool et a commencé à discuter avec les officiers.

« Vous ne voulez pas rentrer vous rafraîchir, messieurs ? Il fait une chaleur aujourd'hui… C'est fou pour un mois de février !

— Merci, madame, ça va aller…

— Vitas vous a dit que son grand-père maternel était policier ? Il était chef du commissariat de Vilnius en Lituanie !

— Maman, les inspecteurs ont autre chose à faire que de découvrir notre arbre généalogique…

— Oui, j'imagine. Alors, que se passe-t-il ?

— Ces messieurs interrogent le voisinage : il y a eu un cambriolage dans le quartier la nuit dernière…

— C'est ça. Une villa juste derrière la vôtre. Vous n'avez rien entendu à tout hasard ?

— À part les ronflements de mon mari, non. Et pourtant je mets des boules Quies ! »

Il fallait que je trouve un moyen de suivre les deux policiers sans éveiller ses soupçons. Comme parfois, sur un court, j'ai trouvé l'inspiration.

« Je leur disais que j'avais remarqué une voiture suspecte, stationnée, hier soir, vers 2 heures du matin. Immatriculée dans le New Jersey. C'est rare d'en croiser ici. J'ai ralenti en la dépassant. Les phares étaient éteints mais j'ai aperçu une petite lueur orange à l'intérieur. Celle d'une cigarette allumée. Je peux vous montrer l'endroit…

— Il est bien éduqué, mon fils, non ? Je vais lui chercher un pantalon et il va vous accompagner… »

L'attorney était moins délicat. Son ton cinglant n'augurait rien de bon. Étriqué dans son costume bon marché, il voulait se faire quelqu'un de connu. Il transpirait l'envie d'accrocher une tête de tennisman en trophée dans son salon. Coffrer le numéro cinq mondial serait du plus bel effet pour épater la galerie, et lui vaudrait une promotion. J'ai toujours été d'un naturel assez optimiste, même dans les pires moments. J'avais fait ma devise de cette phrase de Winston Churchill : « Un pessimiste voit la difficulté dans chaque opportunité. Un optimiste voit l'opportunité dans chaque difficulté. » Au tennis, elle m'a permis de gagner quelques matchs perdus d'avance. Mais on n'était pas sur un court. J'ai payé la caution pour ma remise en liberté.

« Vous allez vous en sortir », m'a dit mon avocat.

Il se voulait rassurant, mais il l'était autant qu'un médecin qui vous annonce un cancer.

Pourtant, j'étais innocent. Je n'avais rien à voir avec cette histoire. Bien sûr, j'étais connu comme le loup blanc parmi les dealers de la côte Est. Pour un vendeur, mon nom était une garantie qu'il n'aurait pas de problème de paiement. Si la situation n'était pas aussi grave, j'aurais pu en sourire. J'aurais pu tomber 100 fois, mais j'étais passé à travers les mailles du filet. Par discrétion, par chance, par relation ou par intérêt.

À New York, il n'était pas rare que les flics qui confisquaient la cocaïne d'une main la revendent de l'autre. Tous n'étaient pas des Serpico, loin de là. Comment leur en vouloir ? Même la foi des hommes d'Église n'est pas inébranlable. Les conditions de vie d'un policier étaient similaires à celles des prisonniers de Rikers Island, le plus grand pénitencier de la ville. À la liberté près. Et on ne paye pas les factures et l'éducation des gamins avec la liberté.

Sans le tennis, je serais encore à Brooklyn, et j'aurais peut-être mal tourné. Je me serais retrouvé de l'autre côté du sachet de poudre, comme Tommy Stoller, un copain d'école. Son père tenait un chariot à hot dogs et bretzels à Central Park. Tommy et moi, on a franchi ensemble, pour la première fois de notre vie, le pont au-dessus de l'East River. Pour nous, l'autre côté, Manhattan, Wall Street, l'Empire State Building, Park Avenue, c'était l'eldorado. L'argent vivait là-bas. On n'y allait jamais avec mes parents, alors qu'il aurait suffi d'un ticket de métro. Mais ce n'était pas notre monde. Même Times Square, repaire de petits délinquants et de gros dealers, nous semblait trop chic à côté de notre quartier miteux. Je devais avoir 8 ans et le père de Tommy avait proposé à Tétis de nous emmener à Central Park, un jour où l'on n'avait pas école. Une bonne note en mathématiques avait suffi. On avait passé la journée dans le parc à nourrir les écureuils avec les bouts de *buns* trop secs que nous donnait le père de Tommy, à se cacher derrière les arbres, à faire des ricochets sur le lac le plus près possible des promeneurs en barque pour les faire sursauter. C'est un de mes meilleurs souvenirs d'enfance. Il me semble que je n'ai jamais mangé de hot dogs aussi délicieux que ceux de M. Stoller. Ils avaient le goût inoubliable de cette première fois. En grandissant, on s'est perdus de vue. Mais nos routes se sont croisées à nouveau, il y a trois ans.

« 700 dollars le gramme. Mais c'est de la top qualité. Elle a fait le voyage en première de Bogota pour atterrir dans vos narines…

— Tommy ? »

Mon copain d'enfance me faisait l'article dans la pénombre d'une ruelle perpendiculaire à la 57e.

« On se connaît ? »

J'ai ôté ma casquette : il a reconnu ma tignasse blonde.

« Vitas ? Mais qu'est-ce que tu fais là ?

— La même chose que toi…

— C'est dingue. Je ne te demande pas ce que tu deviens. Je suis tes exploits à la télé. Mes potes se foutent de moi quand je leur dis que je te connais ! Tu as cinq minutes pour boire un verre ? »

J'ai trinqué avec mon dealer dans un *diner* défraîchi. Tommy n'avait pas changé : il était toujours aussi bavard. Il m'a déroulé les douze années qui nous séparaient de l'enfance. Un joli catalogue de galères. M. Stoller s'était fait la malle avec son chariot. Il s'était suicidé quelques mois plus tard. Tommy ne l'avait jamais revu. Sa mère avait refait sa vie avec le patron du supermarché Seven Eleven au coin de sa rue. Livré à lui-même, Tommy avait commencé à glisser, à sécher les cours, à traîner avec les gamins comme lui, à chaparder ici et là, à tirer les rats au lance-pierre, à faire les poches des voyageurs, à squatter les stations de métro, à y dormir parfois. Comme ce qui sépare la petite délinquance de la grande est aussi fin qu'une feuille à rouler les joints, Tommy et ses copains avaient été recrutés par des mafieux proches de la famille Bonanno. D'abord guetteurs, puis dealers – la promotion. Voilà ce qu'avait été la vie de Tommy Stoller. Il sortait avec Debbie, une serveuse *topless* d'un bar du Bronx. Ils avaient un chien qui s'appelait Chewie parce qu'ils l'avaient trouvé en sortant du ciné où ils avaient vu *Star Wars*. Tommy économisait pour épouser Debbie à Las Vegas.

J'ai payé l'addition, je lui ai pris 2 000 dollars de poudre et j'ai ajouté la même somme en guise de contribution à sa future union. Avant de partir, il m'a demandé mon numéro de téléphone. Je lui en ai donné un faux. La cocaïne rend aussi parano que lucide.

La gifle de ma mère a claqué. Elle me laissa une trace rouge et douloureuse sur la joue. Ma tête résonnait comme le gong du Madison Square Garden avant un match de boxe. Ma mère m'a tendu le *New York Times*, l'édition du 3 février, page 33. Au-dessus d'un article sur Björn et son ras-le-bol du tennis. Même dans le journal, nous étions inséparables.

En offrant une retraite dorée à mes parents, je leur avais donné les moyens de me surveiller. Maintenant qu'ils ne travaillaient plus, ils s'occupaient en suivant ma carrière de près.

Six mois plus tôt, je leur avais fait croire à une blessure à un mollet, qui justifiait que j'arrête de jouer. En réalité, j'avais été suspendu pour mauvais comportement. Depuis quelque temps, je prenais des amendes pour des mauvais gestes, des mots déplacés. 5 000 dollars à l'US Open en septembre dernier. J'avais piqué deux violentes colères contre l'arbitre. 10 000 à Melbourne un mois plus tard. J'avais franchi un palier. Je ne me contrôlais plus. En finale du tournoi de Melbourne, en novembre, j'affrontais le régional de l'étape, Peter McNamara. Un remake de l'année précédente, où je l'avais battu en deux sets. Ce match était une formalité. Mais, à la surprise générale, il a gagné la première manche.

Je n'allais pas laisser un roux avec une coupe mulet me priver d'un trophée qui me tendait les bras. J'ai haussé le ton : j'ai gagné dix jeux d'affilée. Je ne lui en ai laissé qu'un, en forme de pourboire. 6-1 et 4-0, pour moi, dans le dernier set.

Parfait exemple de renversement de situation. À vrai dire, je n'ai pas compris ce qui s'est passé.

L'Australien a recollé au score. Je parviens à me hisser à 5-4, tant bien que mal. Je servais pour le match, le trophée et le chèque. Venir en Australie m'occasionnait des frais. Avion privé, plusieurs valises en soute et leurs charmantes propriétaires en cabine. Il faut bien s'occuper quand les seize heures de décalage horaire vous laissent les yeux ouverts toute la nuit. J'ai le bras qui tremble et Peter McNamara, dos au mur, lâche ses coups.

Balle de break contre moi. J'ai vécu cette situation des milliers de fois. J'ai servi, il a retourné et s'est précipité au filet. Je n'ai pas paniqué, j'ai tiré un passing-shot bien maîtrisé. La balle était bonne. Égalité. Il n'a pas saisi l'opportunité qui lui était offerte. J'ai demandé de nouvelles munitions au ramasseur. Je n'avais pas l'intention de laisser traîner les choses.

« Faute ! »

Je me suis retourné aussi sec.

« Pardon ?

— Votre balle est faute, monsieur Gerulaitis !

— Jamais de la vie !

— Elle est faute et c'est moi qui décide, pas vous !

— Non, elle est bonne. Et de toute façon, votre annonce est bien trop tardive ! J'aurais eu le temps d'aller chez l'opticien vous acheter des lunettes…

— Monsieur Gerulaitis, restez poli, s'il vous plaît…

— Appelez-moi le superviseur !

— Monsieur, je ne…

— Appelez-moi le superviseur ! »

Alerté par l'esclandre, il était déjà en train de courir vers la chaise de l'arbitre.

« Que se passe-t-il ?

— Il faut me changer ce type, sur la chaise. Et les juges de ligne aussi. Je refuse de me faire arbitrer par des personnes âgées ! Je sais bien qu'il faut occuper les vieux, mais donnez-leur des trucs de leur âge ! Qu'ils arbitrent des tournois de bridge !

— Ces personnes sont compétentes, elles ont été validées par la Fédération internationale de tennis. Je vous demande de reprendre la partie. »

Sans attendre ma réponse, il est reparti faire ce qu'il fait le mieux : ne servir à rien. Je bouillais intérieurement. Je ne comprenais pas qu'on me parle comme à un enfant de 5 ans. Au lieu de retourner sur le court, je suis allé m'asseoir sur ma chaise. Ma réaction était excessive. D'accord, on arrivait au bout de la rencontre, mais il n'y avait pas péril en la demeure. À 5-5, mes chances de l'emporter restaient intactes.

« Monsieur Gerulaitis, le jeu reprend ! »

J'ai bu une gorgée d'eau comme si je changeais de côté. Je me suis rafraîchi la bouche avant de la recracher au sol.

« Monsieur Gerulaitis, je suis obligé de vous donner un avertissement ! »

Dans notre appartement de Brooklyn, les cafards qui cavalaient sur mon oreiller respectaient mon sommeil. Ils traversaient pour ne pas me réveiller. Jamais je n'en avais écrasé un seul. Ils vivaient leur vie de cafard. Ils n'avaient pas ambition de pourrir la mienne. Alors que ce gars-là, qui me toisait du haut de sa chaise, j'aurais pu le descendre par le col et le massacrer.

« Très bien, monsieur Gerulaitis. Point de pénalité. Jeu McNamara, cinq jeux partout, troisième set ! »

Je l'ai regardé en levant le pouce.

« Service McNamara. »

Très bien, qu'il serve. Sans personne en face. Normalement, il devrait marquer le point. Et les suivants. Et remporter le jeu. Et le set. Et le match ! L'arbitre a fait le sale boulot à sa place. Disqualification. Je me suis levé de ma chaise. Sans un mot. Sans un regard. La foule faisait entendre sa colère et sa frustration de ce *coitus interruptus*. Ce n'était plus mon problème. J'ai serré la main de McNamara qui affichait une mine désolée. Il ne savait pas quoi dire. Tant mieux. De toute façon, je ne lui aurais pas répondu. J'ai pris mon sac, et j'ai quitté le court sous un cocktail étrange d'applaudissements et de sifflets. Que m'arrivait-il ? Je me MacEnroïsais. John évacuait sa frustration ; moi, c'était plus toxique. J'avais pris les mises en garde avec légèreté. Je m'étais cru plus malin que les autres. Le produit avait commencé son travail insidieux. L'euphorie et l'excitation étaient un leurre. Il grignotait mon cerveau, neurone après neurone, comme des mites sur un pull en cachemire. La drogue assiégeait mes émotions, qui résistaient de moins en moins. Je devenais irascible. Je mettais mes sautes d'humeur sur le compte de l'injustice, d'une décision arbitrale, du jet-lag ou de n'importe quoi. Mais en réalité j'étais le seul responsable. On se pardonne tout quand on est amoureux – ou accro.

Je n'avais pas l'envie, ni la force, d'arrêter la dope. Elle était au centre de ma vie. En l'arrêtant, j'avais peur que tout s'écroule, d'un coup, comme un château de sable. Enfant, j'avais passé des heures à en bâtir un, sur la plage de Coney Island, à creuser des créneaux avec un bâtonnet d'esquimau, à le décorer de coquillages, à remplir d'eau ses douves ; il était parfait. Un gamin l'avait écrasé en reculant pour rattraper son Frisbee. J'étais inconsolable. Je savais que je ne réussirais pas à le reconstruire à l'identique. J'avais le sentiment que, sans la drogue, ma vie serait détruite aussi facilement.

Au *lounge* de l'aéroport, en attendant de repartir à New York, j'étais décidé à arrêter la poudre, mais la perspective de disparaître comme mon château m'angoissait. Je frissonnais, je transpirais, et ce n'était pas la clim' ni la grippe : la poudre avait déchiffré mes pensées et m'envoyait un avertissement – elle ne me laisserait pas faire. Ce serait la guerre et elle la gagnerait. Elle en avait terrassé, et de plus coriaces. Pour cette fois, j'ai levé le drapeau blanc. Je suis allé aux toilettes me faire un rail. J'étais calmé quand je suis retourné sur mon siège. Le téléviseur au-dessus du bar diffusait les images de mon « exploit ».

Ma balle était bien faute.

« C'est quoi ça, Vitas ? »

Les doigts de ma mère étaient crispés sur le journal.

« Je ne savais pas comment vous en parler. J'aurais dû mais je n'ai pas pu...

— Dire quoi ? Que mon fils se drogue ? Mais enfin, mon pauvre Vitas, on est au courant avec ton père. Il y a vingt-sept ans que je fais ton linge, vingt-sept ans que je vide tes poches avant de laver tes pantalons...

— Pourquoi tu ne m'as rien dit ?

— Nous non plus, ton père et moi, on n'a pas pu... On avait trop honte ! Depuis combien de temps tu te drogues ?

— Je ne sais plus... C'est si important ?

— Pourquoi, Vitas ? Pourquoi ? On a tout fait pour toi, on s'est saignés pour que tu aies tout... Ton père s'est ruiné la santé. Dis-lui, Vytautas ! »

Mon père, assis dans un fauteuil, restait muet, rigide comme si on l'avait empaillé. Sa mâchoire crispée empêchait le moindre mot de sortir de sa bouche. Que dire ? Comment leur expliquer ? Leur faire comprendre qu'il n'y a aucun mal à consommer de la cocaïne. Autour de moi, c'était monnaie courante.

« Il faut que tu te soignes ! »

Tétis s'était levé et, sans me jeter un regard, il avait repris sa posture de père qui gronde son fils. Plus fort que le jour où j'avais cassé un carreau en jouant contre le mur de notre immeuble. Puis ma tirelire. Obligé de rembourser avec mes économies. Tous les dollars que j'avais économisés pour m'offrir le maillot de Willis Reed, la superstar des Knicks.

« Mais je ne suis pas malade ! D'accord, c'est illégal. La belle hypocrisie ! Tout le monde en prend ! Y compris ceux qui disent qu'il ne faut pas en prendre, et ceux dont tu penses qu'ils n'en prennent pas ! »

J'aurais pu donner des noms. Même Björn avait tapé un rail dans une soirée. Je n'allais pas balancer mon pote. D'ailleurs, avec sa gueule d'ange et son image de M. Propre, mes parents ne m'auraient jamais cru.

« Tout le monde ? Tu as perdu la tête, Vitas. Le succès et l'argent te montent à la tête. Mais compte sur moi pour te faire redescendre !

— Arrêtez de dramatiser. Je ne suis pas accro, j'arrête si je veux et quand je veux. Ça me donne un coup de fouet et ça me permet d'être d'attaque le lendemain pour m'entraîner !

— Mais c'est en prison que tu vas les faire, tes entraînements, c'est ce qu'ils écrivent, dans le journal !

— Ce sont des conneries de journalistes. Du sensationnalisme pour vendre du papier. Mon avocat m'a dit que je ne risquais rien. Il va plaider non coupable parce que je n'ai rien à me reprocher ! »

Maman m'a refilé une gifle :

« Rien à te reprocher ? »

Elle m'a collé le journal sous le nez :

« Et ça, c'est quoi ? »

Elle désignait d'un doigt tremblant un passage de l'article, une déclaration que j'avais faite en sortant de chez l'attorney.

« C'est entre guillemets ! Donc, à part si tu as un homonyme qui a le même âge que toi, le même métier, et la même tête, c'est toi qui as dit ça ! Vas-y, lis à voix haute !

— “J'ai le soutien total de mes parents”… »

Ma mère m'a poignardé du regard.

« Tu vas oser affirmer que tu n'as pas menti ? Je vais l'appeler, ce journaliste, et je vais lui dire ce que tes parents en pensent ! »

Mon père a embrayé. Quand l'un disait ou faisait quelque chose, l'autre suivait aussitôt. « Fusionnels » n'était pas un adjectif assez fort pour les décrire. Mes parents étaient comme des siamois. Ils avaient dû signer un pacte à leur rencontre : ne jamais se contredire devant une tierce personne, pas même tiquer. Héritage de leurs années lituaniennes sous domination soviétique : chez les Gerulaitis, il y avait la ligne officielle, comme du temps du parti communiste, et on n'en débordait pas.

« Si tu n'arrêtes pas, a dit mon père, je te préviens, ta mère et moi, on part d'ici, et tu ne nous reverras plus jamais. Ni nous ni ta sœur ! Tu m'entends ? »

J'ai acquiescé. Le seul moyen de m'en sortir était de leur dire ce qu'ils voulaient entendre. Mais je savais que je devais changer. J'allais déjà commencer par laver mon linge moi-même.

J'ai eu mal pour Björn quand je l'ai croisé sur le central du Country Club avec sa vieille Donnay, son éternel polo Fila moulant son corps moins bien moulé qu'autrefois. Un homme s'abîme après sept ans d'arrêt. Surtout quand il s'était imposé, jusqu'ici, une discipline militaire. Björn s'était fait étendre au premier tour par l'Espagnol Jordi Arrese, un « terrien », spécialiste de la brique pilée. Une heure vingt-huit, douche comprise.

« Pourquoi tu ne m'en as pas parlé avant ?

— Tu m'aurais dit de ne pas le faire, et tu aurais eu raison…

— Tu étais ridicule. Il n'y a pas d'autre mot, je suis désolé. Tu es mon ami, je dois être honnête avec toi… Tu croyais qu'il suffisait d'aller chercher tes raquettes en bois à la cave pour repartir comme par magie ? Björn, le tennis, il ne t'a pas attendu pendant que tu "profitais enfin de la vie", comme tu m'avais dit. Il faut te faire une raison. Tu t'étais déjà rétamé, il y a sept ans, quand tu as tenté ton premier come-back, ça ne t'a pas suffi ? »

Quand j'ai arrêté le tennis, j'ai connu le soulagement, et même l'euphorie. On se persuade qu'on aurait dû le faire avant. On avait fini par détester la discipline à laquelle on se pliait depuis l'adolescence. On bénit le réveil sans entraînement, le bonheur de ne plus être obligé de rien, on choisit des frites plutôt que des haricots verts, on fume des cigarettes sans se cacher, on profite de tout ce qu'on s'interdisait. Mais, très vite, on voit sa vie comme un désert. On a soif. On cherche un puits. Les jours se succèdent, sans but.

Un beau matin, il frappe à notre porte. On se lève, en peignoir et chaussons, on ouvre, il est là : le manque.

« Non, merci, on n'est pas intéressés. »

Comme un vendeur d'aspirateur, il insiste et il est convaincant. On referme, mais il est entré, et déjà il déballe la marchandise, il nous fait l'article, le bon de commande dans une main, un stylo dans l'autre. On signe et on reçoit quelques jours plus tard une raquette que l'on s'était juré de ne plus jamais utiliser.

« J'étais en plein divorce avec Mariana, me dit Björn. J'avais besoin de me changer les idées…

— Alors, tu es retourné avec ta vieille maîtresse. Mais tu sais bien que ça ne marche jamais. Regarde Leconte. Je l'ai croisé il y a un mois, à Paris. Il m'a dit qu'il avait usé la cassette vidéo de sa victoire contre toi, à force de la regarder. Être le dernier joueur à avoir battu le grand Björn Borg, ça vaut une victoire en Grand Chelem. »

Pour la deuxième fois, il avait été l'ombre de lui-même. À l'autre bout du fil, dans sa villa de Monte-Carlo, Björn s'est mis à pleurer.

« Je ne sais plus où j'en suis, Vitas. Je suis à la dérive. Mon ex, Jannike, m'empêche d'avoir la garde de Robin. Et je viens de divorcer pour la deuxième fois…

— C'est plutôt une bonne nouvelle… Ta chanteuse italienne, Loredana, elle aurait fait passer la Cicciolina pour la Vierge. Comment tu as pu l'épouser ?

— C'est ce qui me tue : quand j'étais sur le court, je ne commettais aucune erreur. Depuis que je suis en dehors, je ne fais que ça… J'ai même mis mon nom sur des sous-vêtements… Et comme mes associés ont fait n'importe quoi, on est au bord de la faillite…

— Finir à poil en vendant des slips, c'est un comble…

— Je n'ai pas le cœur à en rire, Vitas… C'est comme s'il y avait une contrepartie à payer, comme si l'homme devait en baver parce que le joueur a été gâté pourri…

— Sors-toi ça de la tête, Björn. Tu as juste du retard à l'allumage. La trahison des amis, les amours déçues, les conneries en tout genre, d'habitude, on les vit à 20 ans. Le tennis t'a fait entrer dans les ordres. Te lever, t'entraîner, manger, jouer, te coucher, tu étais un moine avec un survêtement pour soutane… J'ai essayé de te défroquer parce que je la connais aussi, cette vie monacale. Je sais qu'elle est invivable si on ne lui fait pas quelques infidélités… Ensuite, tu n'avais plus qu'à retourner vers ton père supérieur, Lennart ! Au fait, il est encore avec toi ?

— Quand je lui ai annoncé que je retournais au combat avec ma raquette en bois, il m'a dit : “Autant partir en guerre avec une carabine…”

— Et même une carabine pour enfants avec des flèches à ventouse !

— Je n'étais pas revenu pour gagner, mais pour retrouver ce qui m'avait rendu heureux… Ce qui me manquait, c'était l'amour pur, désintéressé, du public qui me regardait, des enfants que je faisais rêver. Mon bonheur n'était pas à l'intérieur de moi, mais autour…

— Pourquoi tu ne viendrais pas plutôt jouer avec moi ?

— Avec toi ?

— Et Jimmy, John et tous les anciens. Sur le circuit des vétérans. Des matchs pour se retrouver, entre vieux potes, sans autre enjeu que le plaisir du jeu. J'y suis allé à reculons, mais ça m'a fait un bien fou…

— À ce point ?

— Plus que tu ne l'imagines : il y a un an que je n'ai plus mis le nez dans la coke…

— Je vais y réfléchir alors… »

Il a raccroché sans m'avoir clairement répondu.

Björn est allé au bout de son calvaire. Était-ce pour se punir de ses années d'errances et d'erreurs ? 13 tournois, 13 matchs, 13 défaites au premier tour. Comme s'il fallait qu'il tue Borg, pour réussir à être enfin Björn. Le martyr christique version suédoise.

Une serviette sur la tête lui donnait des airs de fantôme. Sans doute rêvait-il d'en être un à ce moment-là. Disparaître de la vue de tous. De la sienne aussi. Pete Sampras venait de perdre en cinq sets. Sorti au quatrième tour de l'US Open dont il était le tenant du titre. Et le favori. Les étoiles s'étaient pourtant alignées jusque-là dans son ciel new-yorkais. Ses rivaux, Becker, Edberg, Medvedev, étaient tombés les uns après les autres sous les balles. Le titre lui tendait les bras. Mais Pistol Pete, comme on le surnommait, s'était enrayé. Et le Péruvien Jaime Yzaga lui avait rafraîchi la mémoire, lui qui l'avait déjà sorti lors de son tout premier Flushing. Entre-temps, il avait remporté cinq titres du Grand Chelem et, à 23 ans, en comptait déjà quatre de plus que moi. Je n'étais pas jaloux. Ce sentiment m'était totalement étranger. À quoi bon lorgner ce que possède un autre mais qu'on n'est pas capable d'obtenir soi-même ? Si l'existence est un chemin, la jalousie est un cul-de-sac dans le meilleur des cas, un pylône de *freeway* dans le pire. On n'en sort jamais indemne.

J'avais rencontré Pete alors qu'il vivait à Tampa, en Floride. Une ville résidentielle, bien propre sur elle et plan-plan. Exactement comme lui. S'il était originaire de Grèce, sa vie n'avait rien d'un air de sirtaki. Brun, effacé, timide, mon parfait négatif. Mais on avait le golf en commun. Pour des raisons là aussi totalement opposées : moi, parce que j'étais en manque de tennis, lui, pour éviter d'être en overdose. On a fini par devenir proches l'espace de 18 trous. Nous comblions un vide mutuel : moi, le fils que je n'avais jamais eu, lui, le grand frère. Cette relation a fini par dépasser les greens et les fairways. Quelques mois avant cet US Open frustrant, Pete m'a téléphoné. Il avait un service à me demander. Il voulait que je l'accompagne à Rome.

« Mon entraîneur, Tim Gullikson, est en vacances en famille. Ça tombe mal! On est en pleine saison sur terre battue et moi, je n'y arrive pas. »

Même si, entre 1973 et 1978, l'US Open s'est joué sur cette surface, mais verte pour singer le gazon de Wimbledon, le ciment avait fini par la supplanter. Y compris dans les universités, la première chaîne de fabrication de champions aux États-Unis. Au point que nos meilleurs juniors sortis à la fin des *seventies* étaient aussi à l'aise pour évoluer sur terre que Neil Armstrong sur la Lune. Ce n'est pas Mac ni Jimbo qui diront le contraire, eux qui se cassèrent les dents sur la brique pilée de Roland-Garros. Cette surface était un piège à loup géant qui avait toujours fini par se refermer sur eux. Sa lenteur rendait la patience plus efficace que leur puissance, il fallait savoir y glisser avec une légèreté déroutante pour ces chars d'assaut en short. Certes, le petit Chang avait réussi à mettre la main sur la coupe des Mousquetaires en 1989, brisant une disette de trente-cinq ans. Mais son jeu était aussi atypique que ses célèbres services à la cuillère. Suivi par le base-baller Jim Courier, comète tennistique et double vainqueur en 1991-1992. Mais ils étaient un peu l'exception qui confirmait cette règle. Pete, lui, jouait service-volée comme moi. Ce qui dans ce tennis plus musclé, intense et rapide des *nineties* ressemblait à une opération kamikaze. La meilleure défense est l'attaque, disait Napoléon. Sur un champ de bataille en terre battue aujourd'hui, c'est le contraire : la meilleure attaque, c'est la défense.

« Vitas, je voudrais que tu viennes avec moi à Rome… J'ai besoin de tes conseils pour m'aider à gagner ce tournoi. Après tout, tu l'as déjà fait, toi ! »

C'est vrai que j'avais réussi à remporter cet Open d'Italie, ligne majeure de mon palmarès, tant à l'époque il était considéré comme le cinquième Grand Chelem. Et deux fois même ! 1977 et 1979. À Rome, j'étais comme un poisson dans l'eau du Tibre. Ce cocktail de *dolce vita, ragazza, trattoria e discoteca* me rendait euphorique. Mes victoires se sont toujours bâties sur le court mais dessinées en dehors. En souvenir de ce titre romain, et aussi parce que l'improviste a toujours été ma meilleure agence de voyages, j'ai accepté. C'est ainsi que je me suis retrouvé à cuire dans la fournaise du Foro Italico pendant une semaine. Et, comme Pat Morita dans *Karaté Kid*, à apprendre à mon jeune apprenti à dompter cette terre dont il ne voulait plus sortir battu. Sous ses airs placides, Pete planquait une ambition illimitée. Celle de gagner tout et partout. Y compris à Roland-Garros. Rome n'était qu'une répétition. Avant de passer aux choses sérieuses. Mon poulain l'emporta, terrassant Boris Becker en finale. On a fêté ça là où j'avais pris mes habitudes de vainqueur : le Jackie O, le club incontournable de la Ville éternelle. Ce fut mon premier tournoi remporté comme coach. Et le dernier. Pete retrouva Gullikson pour Paris. Mais pas la victoire. Battu en quarts de finale. Et déçu, comme aujourd'hui.

« Je sais ce que tu ressens, Pete. Je suis passé par là. Et bien plus souvent que toi, crois-moi… »

Accroupi, les mains sur ses deux genoux, j'essayais de trouver les mots. Conscient qu'à ce moment-là ils n'existaient pas. Mais je ne pouvais pas me résoudre à le laisser comme ça sans au moins essayer. J'ai délacé ses chaussures, enlevé son tee-shirt encore trempé pour lui en enfiler un propre et j'ai rangé ses raquettes. Comme faisait Tétis lors de mes défaites d'enfance. Et je lui ai répété mot pour mot ce qu'il me disait pour me consoler.

« Ne pense plus au match que tu viens de perdre. Mais au prochain que tu gagneras ! »

Si l'optimisme était une drogue, j'aurais été son putain de Pablo Escobar. Pete a gagné l'US Open l'année d'après. Et la suivante. À ce qu'il paraît. Là où je suis désormais, on n'a ni les journaux, ni la télé…

« Vitas, laisses-en un peu ! »

Cette fois, Björn ne parlait pas des filles au Studio 54, mais des applaudissements du public. Ils sont venus, nombreux, nous voir jouer au Center Arena de Seattle. Le Citibank Champions Tour ouvert aux joueurs de plus de 35 ans : nous ! Björn finit par rejoindre notre Rat Pack tennistique. Jimbo en était le Sinatra : il organisait la rencontre au profit d'une bonne cause ; moi, j'étais le Dean Martin, le je-m'en-foutiste, le déconneur ; et, ce soir-là, dans le rôle de Sammy Davis Jr., c'était John Lloyd. Avant de jouer ce double, on a dîné dans un des meilleurs restaurants de la ville. Impensable dans notre vie d'avant où tout était pesé, calculé, millimétré pour être le plus performant possible sur le court.

C'était l'occasion de réunir les anciens combattants et de raconter nos faits d'armes, comme la finale de l'Open d'Australie remportée face à John en 1977.

« Tu te rappelles le matin du match ?

— Et comment! Je me suis pointé au petit déjeuner. J'étais surpris : tu étais déjà là!

— Moi aussi, à vrai dire. Le décalage horaire, c'est encore plus efficace qu'une intraveineuse de café!

— À moins que la raison ne soit à chercher dans ces traces de rouge à lèvres encore chaudes que tu avais dans le cou…

— Est-ce ma faute si les Australiennes aiment s'agripper à moi comme un koala à un eucalyptus?

— Et là, j'ai dit à Vitas : "Bon, cet après-midi, on fait quoi? On s'échauffe ensemble comme on fait depuis le début du tournoi?"

— Avant une finale d'un Grand Chelem? Jamais je n'aurais fait ça!

— Toi, Jimmy, pour avoir le droit de s'échauffer avec toi, il fallait un mot de ta mère! »

Jimbo m'a balancé un morceau de pain. Manqué. Il a atterri sur le sol. Björn a dit « Faute! », et tout le monde s'est mis à rire.

« Vitas, a continué John, m'a regardé comme si je venais de dire la plus grosse énormité de l'histoire de l'humanité…

— J'ai dit à John : "Tu penses vraiment apprendre quelque chose de nouveau sur mon putain de jeu aujourd'hui? Et moi est-ce que je vais apprendre quelque chose de nouveau sur ton putain de jeu? Non! Alors bien sûr on s'entraîne ensemble!"

— C'est vrai : j'aurais pu jouer contre toi les yeux fermés!

— Tu aurais dû les ouvrir de temps en temps… »

Je m'échauffais avant ce match de double. Ce soir-là, j'étais sur un nuage. Toutes mes punchlines faisaient mouche.

Mes blagues étaient meilleures que mon tennis, mais c'était sans importance : le public voulait voir quatre vieilles gloires qui jouent pour le plaisir sans se prendre au sérieux.

« Balles neuves ! » crie l'arbitre.

J'ai ajouté :

« Des balles neuves pour les vieux joueurs ! »

Je récupère une amortie et j'enjambe le filet. Je me retrouve à côté de Björn et je crie à mon partenaire :

« Désolé, Jimbo, mais il ne sait pas comment on fait une volée, il serait temps que je lui montre ! »

Dans l'euphorie de cette soirée délirante, j'ai oublié un détail : mon physique était beaucoup moins affûté que mon humour. Au deuxième set, sur un lob de John, j'ai fait une course en arrière et j'ai senti une décharge dans le bas de mon dos. Inutile d'avoir fait des études de médecine : une contracture, *a minima*. Je pensais à une petite déchirure, mais il était hors de question d'abandonner. Le public en voulait pour son argent, je lui en donnerais jusqu'au dernier point. Professionnel jusqu'au bout de mes doigts abîmés par des années à serrer un grip. Des mains que j'aurais usées sur des parpaings, si le vieux, là-haut, avait prévu pour moi un destin d'ouvrier. Mais Il m'avait destiné le ciment des courts, non celui des chantiers. J'étais un laborieux, un travailleur dur au mal. Je ne montrais pas la douleur qui me tordait le dos. Absorber les épreuves était une deuxième nature.

À la fin du match, le public nous a gratifiés d'une standing-ovation. Björn, Jimmy, John et moi, nous nous sommes serrés dans les bras. Nos grandes rivalités avaient finalement accouché de la plus belle des amitiés. La meilleure récompense pour ces années de sacrifices, de souffrances, de solitude, de hauts et de bas, pas seulement au classement. Ce sacre collectif valait tous les trophées que l'on avait remportés individuellement.

« Tu ne restes pas, Vitas ?

— Je sais que vous allez avoir du mal à survivre sans moi, mais je dois repartir à New York !

— Viens, on se fait une virée en boîte, comme avant !

— J'ai une exhibition caritative au Racquet Club d'East Hampton, je me suis engagé. Il y a 60 grosses boîtes de New York, et je compte bien leur faire du rentre-dedans. Je dois récupérer de l'argent pour ma fondation et mes gamins ! »

Je les ai salués une dernière fois. J'ai pris mes affaires et j'ai disparu, le dos cassé et le cœur léger. Après un vol de nuit, j'ai filé en direction de la maison. Ma mère m'avait préparé un petit déjeuner, comme tous les matins avant d'aller à l'école. Nos relations s'étaient aplanies au fil du temps, d'autant que j'avais été acquitté dans cette affaire de drogue. La reconnaissance publique de mon innocence fut la première pierre de notre reconstruction. Elle était rassurée par le fait que le golf avait pris une telle place dans mes journées. Elle préférait cette addiction à l'ancienne. J'ai englouti mon café et mon orange pressée, je suis allée embrasser Ruta. Depuis la mort de Tétis, trois ans auparavant, je m'étais glissé dans son costume. À mon tour de veiller sur la famille. Elle partait s'entraîner. J'étais fier d'elle. Elle avait grandi dans l'ombre d'un grand frère envahissant. Elle était étiquetée « sœur de », ce qui n'est pas simple, surtout quand des gens « bien intentionnés » lui rappelaient que ses résultats n'étaient pas à la hauteur de ceux de son aîné. Elle avait quand même atteint les quarts de finale de Roland-Garros en 1979, battue par Chris Evert, victorieuse du tournoi cette année-là. J'avais pleuré après sa défaite. Elle était venue me consoler. C'est le comble. Ruta est un roc, comme si on s'était partagé un diamant à la naissance. Premier arrivé, j'ai choisi l'éclat, je lui ai laissé la dureté. Tous les deux, on se complétait à merveille. On se comprenait. Mieux, on se ressentait. Le tennis était le lien. Ce matin, elle a tout de suite vu, à mon visage, que je souffrais. Elle m'a donné un relaxant musculaire avant de partir. Je l'ai embrassée sur le front.

« Qu'est-ce que je vais devenir le jour où tu ne seras plus là, Ruta ?

— Ne parle pas de malheur, Vitas ! »

Elle a craché, trois fois, par-dessus son épaule gauche. On conjure le mauvais sort comme ça, chez nous, en Lituanie.

J'ai essayé de l'imiter, mais mon dos me faisait trop mal. J'aurais dû insister.

Après deux heures à enseigner comment faire une volée à des yuppies en bras de chemise et mocassins, j'étais rincé, mais j'avais tapiné utile. Je repartais avec le plein de promesses pour mes Youth Clinics. J'avais soigneusement rangé les cartes de visite dans la boîte à gants de ma voiture. Je ne les lâcherais pas : les beaux parleurs allaient devenir de jolis payeurs. La fondation était désormais présente partout à New York. Des milliers de mômes venaient chaque semaine se changer les idées. Blancs, blacks, chicanos, tous réunis par la même couleur jaune d'une petite balle de tennis. Je m'en foutais, de laisser une trace : la postérité aurait pu m'intéresser de mon vivant, si j'ose dire, c'est tout. Mais cette fondation, j'en étais fier.

Les antidouleurs que j'avais pris pour assurer le spectacle m'avaient assommé. J'étais incapable de prendre la route pour Long Island. Mon ami Martin Raynes habitait dans les parages, à Southampton. Il avait fait fortune dans l'immobilier. Les vendeurs de villas sont rarement les plus mal logés. La mienne ressemblait à un cabanon à côté de la sienne : 17 chambres, dont la plupart avaient une vue sur l'océan, 1 court de tennis où je venais parfois lui donner des cours, 2 piscines, dont une avec un *poolhouse* aménagé. Je l'ai prévenu que j'avais besoin de repos, et d'un bain pour le dos, avant une soirée à Manhattan.

Une des employées de maison m'a préparé un sandwich. Je lui ai glissé un petit billet et j'ai refermé la porte du *poolhouse*. Je me suis allongé sur une méridienne face au téléviseur : le BC Open sur Golf Channel. Parfait pour grignoter, digérer et me reposer. Je me disais qu'à 40 ans j'avais déjà bien tapé dans mon capital « chance » de naissance. J'espérais qu'il m'en resterait pour les quarante années suivantes. Après la dernière bouchée, j'ai posé l'assiette au sol et je me suis allongé. La machinerie de la piscine faisait un doux ronronnement. Au son de cette berceuse mécanique, je me suis endormi.

Je ne me suis jamais réveillé. La vie a un prix. La mienne : 1,44 dollar. Le prix d'un tuyau d'échappement de quelques centimètres que le technicien de la East End Pool and Courts n'avait pas réussi à installer sur le chauffe-piscine. La mort, je ne l'ai pas sentie venir : le monoxyde de carbone n'a pas plus d'odeur que l'argent. Empoisonnement. Au moins, je n'ai pas souffert.

Mac est en larmes. Björn le prend dans ses bras. Jimmy vient se joindre à eux. Il est le seul à avoir la force de prononcer quelques mots pendant la cérémonie.

« Quarante ans, ce n'est pas assez long pour que Vitas vive, mais assez pour nous le rendre inoubliable. »

J'ai un petit sourire aux lèvres : il a fallu que je meure pour que les trois types qui se sont le plus haïs au monde fassent officiellement leur coming out amical. J'ai toujours détesté les enterrements. Je ne vais pas changer d'avis aujourd'hui que c'est le mien. Ils vont finir par me faire pleurer, ces cons ! Derrière eux, ma mère est inconsolable. Elle a du mal à descendre les marches de l'église Saint Dominic de Long Island. Ruta la tient par le bras, tandis que le vent balaye sa mise en plis. Son visage est grave et digne. En trois ans, elle a perdu les deux hommes de sa vie, ses deux rois – Vytautas Ier et Vytautas II. Ça ne s'oublie pas. Même Alzheimer qu'on lui a diagnostiqué il y a quelques mois ne peut rien contre ses souvenirs. Janet est là, aussi, avec son hockeyeur de mari. Elle est montée au pupitre, après Jimmy. Elle a délicatement déplié un petit papier :

« Vitas était tellement plus qu'un tennisman de classe mondiale. Il jouait aussi dans la vie avec une seule règle : toujours donner et ne jamais prendre. »

Elle m'a eu. Cette fois, les larmes coulent dans mon cou, sous le col de la chemise impeccablement amidonné que m'a enfilée la thanatopractrice : c'est la dernière femme qui aura posé ses mains sur moi. Je remercie les autres pour le plaisir qu'elles m'ont donné. Et toi, Janet Jones, c'est un peu tard pour te l'avouer, mais je t'aime.

J'entends le bruit des poignées en laiton saisies à pleines mains. C'est le moment du décollage. Cette fois, pas de consignes de sécurité. Je sens mon cercueil se soulever et bouger. John est sur ma gauche, Jimmy sur ma droite et Björn à l'arrière. Je ne pouvais pas être mieux entouré. Le cortège s'avance. Sans un bruit. Juste le crépitement du flash des photographes. Ma vie a été un tel tourbillon. Avant aujourd'hui, je n'avais jamais entendu le silence. J'aime bien finalement. Même s'il ne vaut pas le riff éternel de Jimmy Page sur *Whole Lotta Love.* Le lourd coffrage en acajou pénètre dans le corbillard. La porte arrière se referme doucement. Cette fois, ce n'est pas moi qui indique la direction au chauffeur.

« Où va-t-on maintenant? Au paradis ou en enfer? Les deux, j'espère. Vivant, je n'aimais pas trop fréquenter le même endroit. Il n'y a pas de raison que mort, ça change. »

Une voix me répond. Celle du Saint-Père.

« Tout dépend de ton bilan. »

Il exige que je lui raconte ma vie, le temps d'une montée en ascenseur. « Par où commencer? » Alors, voici mon histoire, telle que je la lui ai racontée, et qui commence par un jeune homme essoufflé, qui se glisse entre les portes d'un ascenseur.

« Monsieur Borg! Monsieur Borg! Un autographe, s'il vous plaît! »

Jet-set et match.

Du même auteur
au Cherche Midi

Ibysse, 2021

Achevé d'imprimer par
Normandie Roto Impression s.a.s.
N° d'impression : 2303501

Imprimé en France